大活字本シリーズ

彼女に関する十二章

中島京子

《上》

埼玉福祉会

彼女に関する十二章　上

装幀　巖谷純介

目次

彼女に関する十二章

第一章　結婚と幸福

どうやらあがったようだわ。

宇藤聖子は梅雨の合間の晴れあがった空を見上げてそう呟《つぶや》いた。

夫の守は仕事場に出かけていた。勉がこの四月に初めての一人暮らしを始めたこともあり、家の中はどことなく殺風景で、洗濯物の量も少なかったが、それはそれで歓迎すべきことではある。夫と自分のTシャツや靴下、下着類を叩いてから干し、もう一度聖子は考えた。

どうやらあがったようだわ。

こんなにきれいに、まるでお役所仕事のようにきっぱりと容赦なくあがるとは思わなかった。五十歳の誕生日を過ぎてからこっち、きっぱりと月のものが無くなったのだ。

中学二年生で始まって以来、煩《わずら》わしい以外の何ものでもなかったそれが無くなるというのも、歓迎すべきことではないだろうか。もう産む気もないんだし。この先抱くのは孫でいいのだし。

しかし、孫、という文字が脳裏に浮かぶとともに、家に女友達を連れてきたことが一度もないままに地方の大学院に行ってしまった勉のやや猫背の後ろ姿が思い出された。孫を抱くのはかなり先の話になるか、あるいは抱かずに終わるのかもしれない。一時は息子がゲイなのではないかと本気で疑ったものだったが、義弟でもう十何年も前にカミングアウトしている小次郎くんが違うと言うから、違うのだろう。

小次郎くんの本名は宇藤保だが、兄に守、弟に保と名づけたコンサーバティヴで抑圧的な父親に腹を立てた挙句、勝手に通称を名乗ることにしたらしい。

勉のことを考えると胸にもやもやしたものがかかるようだったが、あえて息子から気持ちを切り離し、脚がむくんだり胸が張ったり下腹や腰が強烈に痛んだりしたあの月経前症候群からも解放されるのだとしたら、あがるとはやはり寿《ことほ》ぐべきことだと考えた。

洗濯物を干し終えてリビングに戻ると電話が鳴った。夫からだった。

「いまからちょっと戻るけど、いる？　鍵を持ってなくてさ」

宇藤家の住まいは首都圏郊外の分譲マンションだが、守は都心部に小さなワンルームを借りて仕事場にしている。零細編集プロダクションで、企業のPR誌などを請け負って作っているが、このごろとみに需要が減っていつも綱渡り操業をぼやいている。その傍ら、というか夫に言わせれば編集業が傍らなのだけれども、ペンネームで雑文業を営む。どうも雑文業のほうに依頼が来たらしい。参考資料が仕事場に見つからないので、家の本棚を見に来るというのだった。

聖子は壁掛け時計の針を見た。十時二十分。戻って来るのに四十分かかり、資料を探すのに小一時間はかかるとして、昼食は食べて行く計算になるだろう。冷蔵庫に何があったかしら。買い物は夕方のつもりなので、困ったときのペペロンチーノということになりそうだ。しかし夫が午後に誰かと打ち合わせを入れている可能性もあるのにニンニクを食べさせていいものだろうか。たしかキャベツとニンジンが少し残っているはずだから、ペペロンチーノはやめて焼きそばにすべきか。けれどもその場合、肉とかせめてソーセージみたいなものがないと。

家に戻らなければならない理由を電話口で説明する夫の言葉を聞き流しながら、聖子は瞬時に昼時のメニューに思いを巡らせて、やや興奮気味の夫を遮って指令を出した。

「ソーセージ買ってきて」

「ええっ？」

「豚バラでもどっちでもいい。好きなほう。焼きそばに入れるから」

「マルグリット・デュラスと豚バラとどういう関係があるんだよ！」

「デュラス？」

「もういいよ！」

守は不機嫌に電話を切った。作家の生誕百年がどうしたとか、ベストセラーの賞味期限がどうしたとか、そんな話を守はしていたのだった。雑文業のほうに依頼が来ると守は突然勢いづく。ぴったり十一時に帰宅した守は、ダイニングテーブルに袋入りのソーセージを投げ出すと話を蒸し返した。

「まあ、生誕百年ていえば、デュラスだけじゃないんだけどね。日本の作家だと立原道造がそうなんだよね。それからメキシコの詩人のオクタビオ・パス。なんとなく蛸《たこ》みたいな名前だから覚えやすいでしょ。オクタビオ・パス。オクトパス。似てるでしょ」

「どうかなあ」

「トーベ・ヤンソンね。『ムーミン』シリーズの作家。去年も入れるとすごいぞ、アルベール・カミュだ、『異邦人』の。クロード・シモンもそうだったし」

「去年のも入れていいの？」

「だから、入れればって話で、今度の企画には入れないよ。というか、今度の企画は生誕百年とはまた違う話なんだよ。むしろ、ベストセラー百年って話から始まったんだよねって、これはさっき話したけど」

「すぐできるけど、ごはん食べてから本探す？　それとも本探してから食べる？」

「昼飯？　焼きそば？　すぐ食べる。本はもう見つかったんだよ。こっちの本棚のあそこにあるってわかってたからさ」

「なんの本なの？」

「だから、伊藤整の『女性に関する十二章』だってば」

「ああ、そうだった、そうだった。電話でそう言ってたね」

「これが、六十年前のナンバーワン、ベストセラーだぜ。びっくりするよな。誰も読まないだろ、いまどき。一九五四年のトップテンには、これと『火の鳥』と、伊藤整は二冊もランクインしてるんだよ。超人気作家だったってことだろ。読んだことある？」

「ない」

「だろ。だから、いまさあ、大騒ぎしてるだろう、ランキングがどうした、ナントカ大賞がどうしたなんて。六十年してみろ。残ってるのなんか、ないぜ、きっと。ところがさ、これが百年となると違うんだ。百年前の一位、当ててみ」

「わかんない」

「ちょっと考えてみなよ、当たるかもしれないから」

「ぜんっぜん、まったく、わかんない」

「じゃ、言っていい？」

「言ってよ」

「夏目漱石の『坊っちゃん』だ。な、すごいだろ。百年残るものは、本物だよ！」

聖子はふとキャベツを洗う動作を止めて振り返り、キッチンカウンターの向こうではしゃいでいる守の無邪気な笑顔に見入った。

マモさん、違う。それは違うわよ。

日本文学史上でいまなおよく知られている夏目漱石の傑作『坊っちゃん』は、たしかに百年読み継がれてきたかもしれない。しかし、今年から遡って百年前にベストセラーだったことと、百年愛されていることに相関性はない。たったいま、夫は自分の口で、六十年前に愛されたからといって六十年読み継がれはしないのだと言ったばかりではないか。「これが百年となると違う」とはどういう意味か。日本文学はきっちり百年ごとに傑作を生むとでもいうのか。

こうした夫の粗忽《そこつ》さは、銀婚式を迎えようという夫婦の歴史の中でしばしば発揮され、聖子を唖然とさせる。

二人前のソース焼きそばを手早く作って、ありあわせの漬け物を刻み、お茶を淹れて湯呑みに注いでダイニングテーブルに運んだ。夫は古びて黄ばんだ文庫本を左手でぱらぱらめくりながら、右手で箸を使って焼きそばを頬張った。

「ある会社のPR誌に連載で書いてくれって頼まれたの。創業者の会長の趣味でね。こういう感じの女性論がいいって言うんだ。いまどきの女性の心に響くようにブラッシュアップしたものを掲載したいと。それがね、回り回って僕に依頼が来たわけよ」

「なんの会社なの？」

「日本マナステカっていう会社だったな。人材派遣とかそういう。日本というからには日本の会社だろ」

「でもなんでマモさんに頼むの？」

「ＰＲ誌丸ごと一冊引き受けたの。女性読者にアピールしたいから女性論の連載入れてくれって。作家に書かせると予算オーバーするから僕が書くことになったの」

案外嬉しそうな夫の湯呑みにお茶を注ぎ足しながら、聖子は文庫本を覗き込んだ。

「きみも読む？」

「え？　だって使うんでしょ」

「キンドルで買っておいたから。タブレットで読めるよ」

守は得意げにタブレット端末を取りに行き、

「ほおらね、電子書籍っていうのは一度買うとパソコンでもタブレットでもスマートフォンでも読めるから便利だよね」

と言って電子書籍を開いて見せた。

「どうして持ってる本をキンドルで買ったの？　どうしてキンドルで買ったのに文庫本を取りに来たの？」

聖子はたいへん論理的な疑問を口にしたが、守は防御的な表情になった。

「だってパソコンで仕事するとき電子書籍のほうが使いやすいかと思ったんだもん。だけどほら、文庫本は寝転がって読んだり、角折ったり、付箋貼ったり、便利じゃないか」

「そうなの？」

と疑問符つきで口にしてから、聖子は優しく、

「そうよね」

と言いなおした。守は妻の理解が得られたのでにっこりした。

「タブレットは家に置いとくから、読みたかったら読んでよ」

焼きそばを食べ終えると守は文庫本を握ってまた出かけて行った。

持って出るならタブレットではないか、という疑念は去らなかったが、スマートフォン、それをただ大きくしただけのようなタブレット、電子書籍リーダー、自宅のノートパソコン、仕事場にある大きなパソコンと、新し物好きの守が買い溜めた五つもの端末で読みだせるにもかかわらず、黄ばんで活字のかすれた文庫本をわざわざ取りに帰ってきた夫はやはり、今日、あがってしまった自分と同じにこれから老境を生きる存在なんだわね、と聖子は洗い物をしながら考えた。

守と聖子は結婚二十五年を迎える。息子の勉はいまどき二浪もして大学で哲学を専攻して、聖子には何一つ理解できないことを学んで、今年晴れてか晴れずにか関西の大学院に進学した。聖子と守は大学の同級生で、結婚は早かったが、出産前までは聖子も丸の内でそれなりにバリバリ働いていた。子育て中は家庭に入り、勉が中学に入った年から、知り合いの税理士事務所で週三日ほどアルバイトをしている。単純作業ではあるが、エクセルに打ち込む伝票や領収書の数字や名前からは案外他人の人生が垣間見えて面白いこともある。趣味といえばたまの美術館通いくらいで、ベランダで野菜を作っては失敗している。

この日、出勤日ではなかったので、守といっしょに早めの昼食を済ませて少しゆったりした昼どきに、聖子は守が買ったというその古いエッセイ集をタブレットで読み始めた。

「私がこの文章を書こうとしている雑誌は、日本の婦人雑誌のうちで、もっとも高級だと認められている『婦人公論』です。つまり、私は、多分日本の一番智慧のある女性読者たちに対して、女性についてのお話、または講義、またはお説教を述べようというのです。本当を言うと、これは怖ろしい事であり、またアジケナイことです」

と、その六十年前にはベストセラーであったところのエッセイは始まっていた。言うわね。多分日本の一番知恵のある女性読者だって。

特集によってはときどき買うこともあるし、行きつけの美容院では必ず読んでいる『婦人公論』の読者を持ち上げられて、聖子はまんざらでもない気持ちになった。

エッセイには、「独身を不幸と考え、結婚を幸福と同一物だと考える」「三十五歳以上の未婚女性」が組合を結成して、自分の不幸を埋め合わせるために既婚女性から「結婚税」を巻き上げようとしている、「結婚税」を払わないならば既婚女性からその配偶者を「奪取する」と宣言したという、ほんとだか嘘だかわからないけれどもエッセイの筆者にとって「ギョッと」する事態が起こって、それに関して筆者が考えたこと、「または講義、またはお説教」が続いていた。結びには「広い見地からこれを考えれば、未婚者組合の組合員が、その適当なる配偶者を得られなくなった原因は、実に戦争にあるのでありまして」と書いてあるので、六十年前といえば、太平洋戦争が終結して十年にも満たないころで、戦争未亡人や、男性の数的不足から結婚できなかった「女性」がたくさんいたのだろう。

ふむ。聖子は最近気に入っている茎だけを煎って作ったほうじ茶を淹れて一人のんびりと啜《すす》りながら考える。

このエッセイの執筆者が言っているのは、独身だからといって不幸なわけでもないし、結婚が幸福の同一物ではない、人それぞれじゃないんですかという、わりとあたりまえの話なのだが、(そうはいっても、結婚していたほうがちょっとだけ得なんじゃないかな、と人生の半分を既婚者として生きた聖子は思っているのだけれども)、さすがに六十年も前とあれば、結婚しろという社会的圧力も強かっただろうし、三十五歳過ぎて独身では肩身も狭かったのだろう。まあそんなことは置いておくとして、「組合」を作ろうって発想がいまどきはないわね。

そう考えてから、いや、なんだか女ばっかりの「組合」みたいなものに入りませんかと、最近、誰かに言われなかったろうか、と思い直し、電子書籍をいったん閉じてタブレットの中の受信箱を開き、女子高時代の友達ボンゴ（あだ名の由来は不明）から三月程前に送られてきたメールを探した。

「ブリちゃん（聖子もさすがに自分のあだ名の由来は覚えている。高校時代は松田聖子の全盛期にあたり、泣き真似がうまくて男の子ウケする聖子ちゃんは「ブリッ子」と呼ばれていた。宇藤聖子自身は旧姓時代も含めちっともそちらのタイプではなかったが、名前がたまたま聖子だったためにこの出世魚のようなあだ名が進呈されたのだった）元気？　久しぶり〜。あのね、突然でびっくりかもしれないけど、私、『粕添瓢一に投票する男とセックスしない女達の会』に入ったの！　ホームページを見てみて〜。https://www.xxxx　ブリちゃんもよかったら入ってね。それとは別にみんなで会いたいね〜！　ボンゴ」

粕添瓢一はさきの県知事選に出馬していた保守系政治家で、ボンゴの抵抗虚しく大量の票を集めて当選した。しかし、県知事になる前に各所で放った女性差別的な発言が全国の女性有権者を怒らせて、「粕添瓢一に投票する男とセックスしない女達の会」とか「粕添瓢一県知事を望まない女達の会」といった、なにやら「組合」めいた（と聖子には思われる）会があちこちで結成されるに至ったのだった。

柏添の政治家としての実績は脇に置くとして、たしかにその発言は凄まじく、「女は生理のときはノーマルじゃない。異常です。そんなときに国政の重要な決定、戦争をやるかどうかなんてことを判断されてはたまらない」という「女は政治家に向かない」論などは、政治家になろうなんてことは露ほども思ったことのない聖子自身をすら、むっとさせた。

しかし、聖子がボンゴの依頼にもかかわらずその「会」に入るのを躊躇《ちゆうちよ》してしまったのは、自分が（当時）四十九歳で、セックスの相手といって同い年の夫しかおらず、夫婦生活も四半世紀に及ぶ二人の、一年の中に数えてみればつつましいとしか言いようのない回数の行為の折に、「ちょっと待って、マモさん。あなた県知事選で誰に入れるつもり？　事と次第によっては私！」と迫る場面が想像できなかったのだった。聞かなくても守は別の候補者に入れると明言していたこともあったが、それ以上に、自分が街に出て県知事選の有権者であろうと思われる男たちに向かって、「あなたたち、県知事選で誰に入れるつもり？　事と次第によっては私！」と詰め寄る超現実的場面を思い描いて、衝撃を受けたからだった。

ボンゴ、志はわかるけれど、入る「会」を間違えてるよ。

そういうのは、若くてきれいで男という男がくらくらっとするような峰不二子みたいな女の子が、男にベッドに連れ込まれてあわやという事態になる寸前、ルパン三世みたいに空中で両手を合わせてズボンを脱ぎ捨てている気の毒な有権者に向かって、人差し指を振りつつ悠然と問いかけてこそ、効果を発揮するに違いない。あるいはもちろん、もっとホットな恋人たちであるとか、新婚間もないとか、そういうことがセックスストライキには重要であるように聖子には思われる。とはいえ、久しぶりに粕添瓢一の暴言を読んでいて、はっと思い当たることがあり、厳しい目線をそのウェブページに走らせ、その「女は生理のときは」発言が、一九八九年のものであることを確認した。

一九八九年とは、女性議員の数が飛躍的に伸びて「マドンナ・ブーム」と言われた年であることを、その年に結婚した聖子は思い出した。ブームの中心にいたのは「土井たか子」という女性政治家で、そのときたしかに五十は超えていたはず。いや六十近かったのではなかったか。

となればかなりの確率で閉経しているので、「国政の重要な決定、戦争をやるかどうかなんてことを判断」するときに「生理」（のときが異常かどうかも、この際脇に置くとして）に煩わされるはずがなかった、ということについて、粕添瓢一はどう考えていたのだろう。

疑問が離れなくなった聖子は、ボンゴの教えてくれたホームページにくまなく目をやった。そこには、やはり一九八九年の粕添発言として「（マドンナ・ブームは）歴史的な例外の時代であって、だから、女ごときが出てこれる」「だけど、あのオバタリアンは全部、〝あがった〟人ばかりなんでしょう」というものも紹介されていた。「女ごとき」とか「オバタリアン」とかいう死語などからも、粕添氏の女性蔑視だか嫌悪だかは十分に感じ取れた。

しかし一方で、聖子の脳裏には「だけど、あのオバタリアンは」と心配そうに問いかけるおどおどした粕添氏の姿が浮かんだ。「当選しちゃったけど、あの人たちはせめて、あれでしょう？　閉経はしてるんだよね？」と確認する粕添氏の姿が。聖子には、粕添氏が「国政の重要な決定を下す人間は絶対に生理中であってはならない」と考えていることが、伝わってきた。

粕添さんも、オバタリアンなんて失礼な呼び方やめて、閉経した女性の決断力への敬意をもう少し素直に口にしていたら、少なくとも中高年女性をこんなに不愉快にはさせなかったでしょうに。

聖子はやや強引な感想を持ちながら、またほうじ茶を口に含んだ。

いずれにしても「生理がある女性は政治に向かない」なんて言うなら、

若い、性欲の旺盛な男なんかもっとダメなんじゃないの、下半身に判断を任せがちってことではね。それだって偏見て言われりゃそれまでだけど、まあ、男の下半身と兵器や戦争のメタファーって、古今東西どこにでもあるわけで、案外、真理をついちゃってたりしそうじゃない。

ここまで考えて聖子はタブレットの電源を落とした。

その日の夕食に、久しぶりに小次郎くんが来ることになっていた。

小次郎くんはアパレル関係の仕事を転々としていて、いつも何を本職にしているのだか聖子には不明だったが、意外に知られたファッション・ブランドの広報をしていることなどもあって、業界内ではたくましく生きているらしかった。夫の守の八歳年下の弟である小次郎くんは独身で、恋人がいたりいなかったりする。守はこの年の離れた弟を小さいときからとてもかわいがっていて、弟がゲイになったのは自分がかわいがりすぎたせいではないかという密かな不安を聖子に漏らしたことすらあるのだが、小次郎くんに言わせると「兄ちゃんはまったくタイプじゃない」そうだし、「生まれつきで、誰かの影響とかいう話じゃない」のだそうだ。

小次郎くんは目白にある焼き菓子が評判の洋菓子店で買った細長いバトンケーキをお土産に登場した。小次郎くんの持ってくるお菓子はいつもこの上なくおいしい。

守の帰りを待ちながら、聖子は小次郎くんといっしょに夕食の準備をした。というのも、この義弟は料理上手で、年に何回かは料理を作りに来てくれるのだ。この日のメニューはラム肉のヨーグルト煮込みだった。聖子はサラダとごはんを担当した。

「ねえ、小次郎くん。ごはんは、白いごはんじゃなきゃだめ？」

「いや、そんなことないんじゃない？　なんで？」

「豆ごはんにしようと思って、グリンピース買っちゃったから」

「あれ、まだあったの、生のグリンピース」

「あったのよ」

「いいんじゃない。煮込みと、わりと合いそう」

小次郎くんは聖子が見たこともないようなスパイスを携えてきた。それをまぶして肉を炒めるだけでも、家には複雑でおいしそうな香りが立ちこめた。

「でも結局ね、『独身を不幸と考え、結婚を幸福と同一物だと考える』思考は、根強いものだと思うよ」

仕込みをする小次郎くんに昼間読んだ本の話をすると、ひどくきれいに髭を整えていつもこざっぱりとしている義弟は冷静に言った。

「世界中でゲイは結婚してるもの。セレブリティの間では、結婚して子供を持つのがトレンドでしょ。エルトン・ジョンとかね。ジョディ・フォスターとかさ。ずっといっしょに生きるパートナーを見つけて、自分の子孫をもうける、それが法的にも社会的にも認められて保障される幸福の一つの具体的な形だっていうのに、異論はないね、僕は。ゲイだからって、その幸福を追求できないのはおかしいじゃないかって考え方も、よくわかるよ。ただ、自分がそうしたいかどうかわかっていうと別の話で、少なくとも日本っていう、まだ偏見も強くていろいろと面倒な国で、結婚の権利や子孫を残す権利を勝ち取るために闘おうとまでは、僕の場合は思わないけど。独り身の自由も捨てがたいしさ。でも、アフリカなんかでは同性愛自体を犯罪ってことにして厳罰に処す法律を作る国が増えちゃってて、そうなると結婚はおろか恋愛も命がけだよね。あれはほんとに、背筋が凍る話だよ」

それはそうと、僕のだいじな甥っ子ちゃんはどうしてるのと、寸胴鍋をかき回しながら小次郎くんが訊ねた。

「甥っ子ちゃんは相変わらず女っ気も男っ気もないみたい。いつだったか、結婚なんて身の破滅だ、自分は一生独身でいいって言ってたし」

「それは、『近代の男性と近代の女性は、絶えざる自己犠牲を必要とする結婚生活を円満に営むことはできない』からなの？」

「何、それ」

「いやこれ、ここ。聖子ちゃんが言ってる本に書いてある。夏目漱石が近代人の結婚を否定した理由だって」

小次郎くんは片手でお玉を、片手でタブレットを器用に操りながら、調理台の上で電子書籍を開いていた。

「『絶えざる自己犠牲を必要とする』？」

「うん。そう書いてあるよ。結婚というのは自分を無にして相手を愛する自己犠牲の精神がないとうまくいかないんだって」

「その自己犠牲というのは、『ちょっと我慢する』ってこと？」

「まあ、噛み砕いて言えばそうじゃない？　『自分を無にする』って
のは、大げさすぎるでしょ」
「じゃ、夏目漱石って人は『近代の女性と男性は、ちょっともお互
いに我慢できない』って言ってるわけ？」
「いや、そこまで噛み砕いちゃっていいのかどうか、僕、わかんな
い。だってこれ、夏目さんが言ったんじゃなくって、夏目さんが言っ
たって伊藤さんが言ったものを、僕が噛み砕いちゃったんだから」
「結婚はお互いに『ちょっと我慢する』ことで成り立つわけだけど
ね。『ちょっとも我慢できない』と思ったら終わりだと思うよ、私も。
でも勉が結婚を不幸だと思ってる理由は、そんな次元の話じゃないの
よ」

「次元って、聖子ちゃん。なによ、どんな次元なのよ、僕のかわいい甥っ子ちゃんのは」

さあてと、と小次郎くんは呟いて鍋の中のヨーグルトソースを味見し、ヨーロッパの人みたいに口先をチュッと言わせて手の平で花が咲くようなジェスチャーをした。このまま煮込むとぐんぐんおいしくなるからね、と小次郎くんは請け合った。

「私ね、誰にも打ち明けたことのない不安を打ち明けるけど、うちの息子の次元とはね」

「勉っちの次元とは」

「あの子、女の子とつきあったこと、ないんじゃないかなって思うの」

小次郎くんは鍋の火を弱めると、気の毒そうに唇をすぼめて、タブレットを手にしてキッチンを出た。キッチンカウンターの先のダイニングチェアに腰を下ろすと、

「そのこと、何度も聞いてるよ」

小次郎くんは、多分に哀れみを含んだ笑みを聖子に向けた。

ラム肉のヨーグルト煮込みがとろとろに煮え上がり、炊飯器も米を炊き上げたことを知らせ、グリーンサラダが冷蔵庫でよく冷やされた頃合いに、夫の守は計ったように帰ってきて玄関のドアを開けた。久しぶりに宇藤家の食卓は賑やかになったが、聖子と小次郎の会話が勉を中心に回っていたために、室内の空気はどことなく淀んでいた。

「何。きみたち、何を話してたの？」

旨そうな匂いだね、と鼻をくんくん動かしたのち、妻と弟の間の抜けた沈黙に気づいた守はそう問いかけた。

「うん、ほら。マモさんが書くって言ってた女性論ね。あれのことを話そうと思ってたら、なんか方向がズレて、いつのまにか勉の愚痴になっちゃって」

「勉どうかしたの？　あっち行って、うまくいってないの？」

「そうじゃなくて、聖子ちゃんはずっと気に病んでるんだよね。勉っちに、彼女がいないこと」

「なんだ、またそのことか。いい加減、あきらめろよ」

「え、もうあきらめちゃうの？」

「だって。できないもんは、しょうがないじゃないか」

「じゃあ、勉が結婚しなくてもいいと思ってる？」

「そんなことまで考えてないよ。まだ学生だろ。結婚なんて、十年早いよ」

「私たちは結婚したわよ、あの年で」

「あれは勢いでやっちゃったんだから」

「なによ、それ」

夫婦が小さくもめている横で、小次郎くんはもう一度電子書籍を開き、その中の一節を読み上げた。

「『なぜ三十五歳以上の未婚女性の組合員諸氏は、独身を不幸と考え、結婚を幸福と同一物だと考えるのでしょう。私がもっとも不思議と思うのは、その点であります。多分彼女等は、まだ一度も結婚をしたことがないから、結婚というものは、よほど立派な、この世の楽園のようなものだと考えているのでしょう。すべてまだ自分の味わったことのない果実は美味であるにきまっていると人間は考えがちなものです』」

夫婦は口喧嘩をやめて小次郎くんを凝視した。というのも、夫妻の頭の中にまったく同時に疑問が浮かんだからである。

「なぜ二十四歳の勉は、結婚を不幸と考え、独身を幸福と同一物だと考えるのでしょう。我々がもっとも不思議と思うのは、その点であります。彼は、まだ一度も結婚をしたことがないのに、結婚というものは、よほど惨めな、この世の地獄のようなものだと考えているのはなぜでしょう。すべてまだ自分の味わったことのない果実は美味であるにきまっているとは、勉は考えないのでしょうか」

守はぼさぼさした天然パーマの頭をかいた。

「なんか、我々の結婚生活に問題があったのか」

「夢を失わせる何かがあったのかしらね」

「叔父さん見てて、独身のほうがいいなと思っちゃったとか」

三人はそれぞれ厳粛に、若者の結婚観に自分の何が影響したのかを考えようと黙り込んだが、誰も決定的な事象を見つけることができなかった。

「食おう」

と、守が言った。

聖子はカレー皿にごはんをよそい、小次郎くんの作った煮込みもいっしょに盛りつけた。ラム肉に絡《から》むヨーグルトソースととろけた玉ねぎ、こっくりと甘そうなつややかな人参が食欲をそそる香りを放った。

「あ、豆ごはんだ」

守が嬉しそうな声を上げた。

「嬉しいな」

「あれ？　これ、兄ちゃんの好物なの？　だからか！　聖子ちゃん、優しいじゃん」

兄弟がなんだか妙に納得しているのを見て、そういえばグリンピースの炊き込みごはんは守の好物だったと、聖子は唐突に思い出したが、もちろんそんなことを口に出しはしなかった。買い物に出たスーパーマーケットで青豆を見つけ、始まった日が赤飯なら終わった日は青豆ごはんかしらと、ごろ合わせのように献立を決めたのだった。
聖子はにっこり笑って、いただきましょうよ、と二人を促した。

第二章　男性の姿形

まだ、あがったわけじゃなかったわ。

宇藤聖子はにわか雨にあわてて取り込んだ洗濯物を干し直そうとベランダに出てみて、しとしとした雨がすっかり去ってはいないのに気づいてまた部屋に戻った。

浴室の天井に渡したポールに、あらためて洗濯物をひっかけ、「衣類乾燥」のボタンを押す。浴室をドライヤーで一気に乾燥させる機能を使えば嫌な臭いが残ることはなかったが、聖子はからっとした空の下に干すほうが好きだった。しかしいまどきの若い人たちだと、外干しは花粉や黄砂が気になるのでかえって嫌だと思ったりするらしい。

そして先月、きっぱり「お役所仕事のようにあがった」と考えた月のものも、実際にはそうではなかった。コンサバな義父を見送ってから都下のマンションで一人暮らしを始め、日に日に自由になっていく義母に言わせれば、閉経が「お役所仕事」に似ているのはたしかにその通りで、それは「きっぱりと容赦なく終わる」からではなくて、書類が足りないと突き返されたり、いろんな部署をたらい回しにされたりするように、なかなか「きっぱりと終わらない」からだそうだ。

夫の守はいつものように仕事場に出かけていた。守が置いていったタブレットで、聖子はときどき『女性に関する十二章』を読んでは、とある会社のＰＲ誌に夫が書くという女性論に思いを巡らせる。「女性」に関してとくに見識があるとも思えない自分の夫が、六十年も前の古臭い「論」を頼りに何を書くかと想像すると心配になる。そもそも夫にその仕事を押しつけたのも、現役を引退して久しいお爺さんの会長だと聞けば、ますます不安になってくる。

なぜなら、たとえばその『十二章』の第二章は「女性の姿形」という身も蓋もないタイトルになっており、六十年前の人気作家ときたら、女といえば男の目に留まるために必死に流行の服で身を纏うもので、そうでないなら髪をひっつめにして女の権利を訴えて闘う色気のない闘士であると、絶望的なステレオタイプに女を二分してしまうのだった。

もちろんこの昭和の文士は、ゴスロリファッションの女の子など見たこともないのだし、海外セレブもこぞって買い漁《あさ》るハローキティグッズの存在も知らずに世を去っているから、女の子が服を着るのは男の歓心を買うためではないのかもしれないなどとは、微塵《みじん》も疑わずに生を全うしたのだろう。

女と服に関しては、興味深い考察や評論が山ほどあるに違いないわけで、聖子が、あるいは夫の守にしても、何かそれより立派な意見を述べる能力も必然性もないように思われた。しかしさらに聖子をいらいらさせたのは、この作家が「女」と呼んでいる範疇には、「中年女性」という存在がまるで入っていないことだった。

いまや聖子にとってファッションを選ぶときのいちばんの関心事は「健康」にあるのであって、いかに身体を守りながらおしゃれを実践するかが重要なのである。坐骨神経痛を劇的に改善してくれたMBTという運動靴は生涯の友となったし、紫外線による白髪やシミ対策のUVケア帽子、強烈な冷えを防ぐためのショールの存在など、中年女性のファッションは身体を守るための武器なのだ。そのようにして守った上での攻めの姿勢というものも、当然ある。異性向けか同性向けか、やはりいちばんは自分向けであるところの、装う喜びというものは、事実存在する。しかし、ことほど左様に中年女性のファッションは深い。守にも六十年前のベストセラー作家にも、その奥深さがわかるとは思えない。

そんなことを考えながら指一本でページを変えていると、次のような文章が目に留まった。「私は、人生の初めに男性に現われる愛情は表現されないで終るのが常だ、ということの確信を持ち続けます。なぜなら、女性もそうだからです。女性もまた『私はあなたを愛している』と口に出すのは、口に出さなかった幾つかの愛情の経験の後でのみ起こることである」。つまり、作家によれば、男はそのときどきの、目の前の女の服や化粧によって女性の美を認識するのではなく、初恋の相手の印象を女性の絶対美として記憶していて、それが再現されたときのみに、美を感じるというのだ。そして異性の美の認識を決定づける初恋は、ほぼ百パーセント成就されずに終わる、それどころかそこに愛が存在したことすら表現されずに終わる。人は、とり逃してしまった初恋の相手の美に似たものを、他の異性に見出したときになってようやっと、「あなたは美しい。私はあなたを愛している」と口に出すのだと。

ここまで読んで、壁掛け時計が郵便の届く時間だと訴えているような気がしたので、タブレットの電源を落とし、部屋を出てマンションの郵便受けを見に行った。

宅配ピザの新しいメニューや水道トラブル修理会社の広告、守宛ての郵便物に交じって、聖子宛ての厚めの封書が目に入った。久世穣という差出人には憶えがなかったが、階段を上り部屋に戻る間に封を開き手紙を読みだして、思わず声を上げて他の郵便物を取り落とした。

「前略　突然お手紙を差し上げる失礼をお許しください。私は久世佑太の長男の穣という者です。昨年の年末に父佑太が急性肺炎のため他界しました。葬儀は身内だけでいたしましたが、現在、最後に過ごした家を整理しておりまして、父が宇藤聖子様にお送りするつもりで発送の準備をしていた数葉の写真を見つけました。つきましては

――」

手紙には久世佑太の父親、この差出人の祖父にあたる人物が撮影したものらしいと書いてあった。

「いつ父がこれをお送りしようとしていたのかも、いまとなっては不明です。もし、宇藤様が必要ないと考えられるようでしたら、こちらで処分しますのでご遠慮なくお申しつけください。お送りしてもかまわないということでしたら、一報いただければ手配いたします。よ

ろしくお願いいたします」

そのように手紙の末尾は結ばれていた。

久世佑太。

久世佑太と会ったのは小学四年生の夏のことで、写真もそのとき撮られたものだろう。いったい四十年も前の写真を、どういうわけで佑太は送ってくれようとしたものか。あれきり佑太には会っていない。賀状のやりとりすらしていない。

佑太から唐突に連絡があったのは、もう十五年も前で、聖子自身の母親の逝去を知って、線香を上げに来てくれたのだった。運悪く聖子は外出していて、会ったのは家にいた夫の守だった。あのころ佑太はたしかアメリカに住んでいた。だいいち母の逝去を知らせる葉書も、佑太にではなく、その父親に送ったものだった。久世の小父さんは、聖子の母が昔、雑誌社で働いていたころの仕事仲間で、カメラマンだった。

久世佑太が亡くなったというのは驚きだった。彼は聖子より五歳年上だったが、死ぬには早すぎる年齢だ。

私は、人生の初めに男性に現われる愛情は表現されないで終るのが常だ、ということの確信を持ち続けます。なぜなら、女性もそうだからです——。

唐突に、例の六十年前の人気エッセイのフレーズが頭をよぎった。ティーバッグを一つつまんで袋を開き、マグカップに落として湯を注いだ。冷え対策で、暑くても水分補給は温かいものが基本だ。

久世佑太は、まぎれもなく聖子の「人生の初めに現われ」「表現されないで終った」愛情の対象だ。初恋の相手なのだ。そしてもちろん、そんなことは佑太本人も知らないし、夫の守は当然知らないし、友人たちも知らない。ひょっとしたら、聖子の母親は気づいたかもしれない。それにしても昔の話だ。どういう経緯で佑太は父親の撮影した写真を見つけたのだろう。ずっと彼の手元にあったものなんだろうか。

七〇年代も半ばの話で、いまはもうほとんど思い出してみることもないことだが、聖子と母親は東京郊外の団地で二人暮らしをしていた。父が病気で早くになくなったからで、母は雑誌社で働きながら子育てをし、バスで十五分ほどの距離に住んでいる祖母がよく手伝いに来ていた。

聖子が小学四年生に上がった年の夏、久世佑太はその母子家庭に居候《いそうろう》をした。

久世佑太も、離婚した父親と二人暮らしだったが、カメラマンの久世の小父さんが仕事で海外に行くというので、聖子の母が友人の息子を預かったのだった。久世佑太と実の母親の間は折り合いが悪くて、妹だけが母親に引き取られていた。

その二か月半ほどは、とても不思議な時間だった。半分以上夏休み期間で、学校に通う義務もなく、ただひたすら二人で遊んでいた。仕事を持っていた母親にとって、娘が家にばかりいる夏休みは例年悩みの種で、それまではおばあちゃんの独壇場だったのだが、あの年に限っては祖母と過ごした記憶はあまりない。毎日が、佑太と二人だけの時間だった。母はすっかりこの即席の兄代わりに子守りを押しつけることに満足してしまい、佑太が映画を観に行きたいとか、としまえんのプールに行きたいとか、高台にある公園にテントを張って夜の星座観察をするとか言うのを、すべてなんの条件もつけずに許可した。

考えてみれば佑太は中学生だったのだから、もう少し娘を心配してもよさそうな気がするけれども、あの時代の小学四年生はまだ完全に子供扱いだった。

母はやはり少し鈍感だったと聖子は思い出す。いまでもよく憶えている。あのころ、佑太のことが好きだった。いっしょにいると体温が二度くらい上がる感じがした。

何十年も経過すると、思い出というのはたしかに甘やかになるものだわね。

無糖の紅茶を口に含みながら考える。とにかく、雑然とした日々のあれこれがきれいに洗い流されて、いいものしか残ってないんだもの。それになんだか嫌だったことまでが、好きだったものをより甘く香り付けするためのスパイスみたいになってる。

昨年の年末に父佑太が急性肺炎のため他界しました――。

聖子はもう一度手紙を読み直した。

あまりにも長いこと会っていないから、そしてまともに連絡も取っていなかったから、久世佑太が生きているという実感は持たずに暮らしていた。それが死んだと聞かされると、彼はそれまで生きていたのだと唐突に意識されてくる。

あの夏は特別な夏だった。

佑太が久世の小父さんに伴われて、突然現れた夏というのは、四年生の一学期の終わりであり、その一学期は思い出したくないくらい惨めな学校生活だったのだ。

学校の裏手には建材の倉庫が並んでいる場所があって、そんなところに子供がいていいはずはないのだけれど、体育館の裏から崩れたブロック塀を乗り越えれば倉庫のある土地に入れて、しかも大人がまるで見に来ない一角に隠れるようにして、使われなくなったバス停のような印象の、コンクリートのひさしとベンチのあるスペースがあったから、ときどき放課後にそこで一人で泣いたりした。

そんなある日、久世佑太がどうしてだか自転車でその倉庫に現れた。

泣いていた理由を、佑太は聞かなかった。その代わり聖子を自転車の荷台に乗せて隣町の商店街のゲームセンターに連れて行ってくれた。帰り道で、揚げたてのコロッケも買ってくれた。そんなふうにして、親切にしてくれる佑太になつき、その年の夏休みを過ごした後の学校生活は、それ以前とはまったく違っていた。同級生の嫌がらせや無視が気にならなくなっていて、いじめても反応しない相手に飽きたのか、煩わしいこと自体が減って行き、次の学年に上がるころには一人で泣くような時間もなくなった。

久世の小父さんが海外出張から戻り、佑太を連れて行った日のことは、あまりよく憶えていない。小父さんはプロのカメラマンが使う大きなフィルムをセットする大きなカメラで、佑太と聖子の写真を撮った。どこかで四人で食事でもしたのか、別れの挨拶みたいなものがきちんとあったのか。あれが初めての恋だというなら、それは初めての失恋なのだから、つらさもどこかに残っていて良さそうだけれど、夏休みが終わればいなくなってしまうと聞かされていた運命を、疑うことも呪うこともなく受け入れたのは、やはり小学四年生が子供だったからなのか。

久世の小父さんはその後いくらもしないうちに、息子を連れてアメリカに移住した。

聖子はもう一度壁掛け時計を見上げ、知り合いの税理士事務所に入力作業を手伝いに行く、午後の出勤時間までの余裕を計算した。久世穣という青年に手紙を書こうと思い立ったからだ。

佑太さんのことも、カメラマンだったそのお父様のこともよく憶えている。写真を撮ってもらったことも憶えている。佑太さんが送ってくださるつもりだったのなら、ぜひその写真をお形見にいただきたいけれども、お差し支えなければ佑太さんにご挨拶がしたいので、お線香を上げに伺ってもかまわないだろうか。

何度か下書きをしてから、このような内容の手紙をしたためて、封書に八十円切手と二円切手を貼った。手紙の最後に、携帯電話のメールアドレスを記しておいた。

軽い昼食を摂り、バッグにその手紙を忍ばせて、聖子は家を出た。

それから数日後の午後、聖子は久世穣という青年に会いに行った。

手紙にはすぐにメールで返事が来て、丁寧に地図までがつけられていた。

　指定された私鉄の駅で降り、人家の立ち並ぶ線路脇の路地を入って行くと、背の低い庭の木や生垣に濃い緑の葉が茂って、古い住宅地ならではの夏の香りがあたりに立ちこめていた。

　少し汗をかきながらゆるい坂を上り、何度か角を曲がると、「久世」という表札のかかった木造の家が現れた。庭に面した硝子戸を開けっぱなしにして、白いTシャツ姿の首にタオルをひっかけ、軍手をした若い男性が縁先で古い雑誌に紐をかけているのが見えた。

「あ、いらっしゃい」

　と、久世穣は言った。聖子はゆっくりお辞儀を返した。

太めの眉、ちょっとイルカの口先を思わせるような形の鼻も、久世穣は父親によく似ていた。違ったのは、その二重の大きな目で、あきらかにこの青年の母親は日本人ではないのだろうと思わせた。日本語は流暢だったが、訛《なま》りがあった。十代の終わりになってから自分で勉強したのだ、と彼は言った。

もしもほんとうに、と聖子は考えてみる。異性に対する美意識の基準が初恋の対象によって決定するものならば、目の前にいるこの青年は、あきらかに自分にとって美そのものみたいな人物ということになるのよね。

木造の家は、何年も替えられていなかったらしい畳がかなり歪んでいた。長いこと家具が置かれていた場所とそうでない場所との色の差も激しかった。

「ここは祖父が亡くなるまで住んだ家だそうです。父は、いまの僕と同じように整理するつもりで来て、結局、一人でここに住みました。いまから七年くらい前です」

七年も前からそこにいたのだったら、会おうと思えば会えたのだった。

その家に仏壇はなく、大きく引き伸ばされた久世佑太の写真が骨壺を背にしてぽつんと畳の上に置かれていて、香炉や線香もなかった。

聖子は持ってきた籠生けのアレンジフラワーを写真の脇に置き、手を合わせた。写真の中の佑太は白髪で少し太っていた。記憶の中の彼に似ているのは、むしろ息子のほうだった。

「お母様もごいっしょに？」

「いいえ、両親は離婚して、母は再婚してニュージャージーに住んでいます」

「そうでしたか。穣さんもそちらに？」

「いいえ、僕はまた別のところにいたけど、ちょっと仕事にも飽きてしまったから、父を理由に退職して、いまは日本に住んでいます。ここを処分するまでの間ですが」

「お父さんは、長いことご病気だったんですか」

「いいえ、急性肺炎でしたから、とても急でした。病院から連絡が来て、あわてて飛行機に乗りました。意識はなかったんですが、臨終には間に合いました」

「それは、おつらかったでしょうけれども、間に合ったということは、お父様がお呼びになったのでしょうね」

「父は呼んでなかったかもしれません。病院の方が呼んでくれました」

「驚かれたでしょう」

「とても驚きました。それに何をすればいいかも、わかりませんでした」

「何も存じ上げずに」

「ぞんじ？」

「何も知らなくてすみません」

「でも、知らせていませんから、仕方がありませんね」

「お一人でご葬儀も？」

「連絡先がわかったので、叔母さんに知らせました。事情を聞いて、いろいろやってくれました。葬式のあとに、アメリカに帰りましたが、父の生まれた国のことを、もう少し知りたいですから、今年の春にここに来ました。そして、家の整理をして、写真を見つけました。叔母さんが手紙を書いて、宇藤さんに出したんです。僕は書くのはあまりできないからね。とても忙しい人のようでした」

青年は淡々とそんな話をした。ときどき、目を伏せて何か悩んでいるような表情を浮かべるとき、かつての佑太そっくりに見えた。

聖子はもう一度佑太の写真のほうに向きなおった。五十五歳で逝くのは若すぎる。遺影の佑太は元気そうだった。その中年の佑太の顔は、記憶の中の少年の姿を塗り替えるだろうか。生きていて会わないのと、亡くなって会えなくなることの間には、それでも苦い違いがあると聖子は思った。

「これがその写真です」

振り返ると、少年の日の佑太の面影を宿した三十一歳の青年が箱を手にして立っていた。

中には、鮮やかなカラー写真が入っていた。A4くらいの大きさにプリントされていて、七〇年代の郊外団地で撮った写真が、美しく復元されたように見えた。

夏のことで背景の緑はくっきりと色濃く、佑太はコカ・コーラのロゴが入った真っ赤なTシャツにジーンズを穿き、聖子はお気に入りだった向日葵《ひまわり》柄のワンピースを着ていた。児童公園のジャングルジムも原色の赤や青に塗られていて、遠景に写りこむ団地のクリーム色とコントラストを成し、思い出の中よりずっとヴィヴィッドな風景が写し取られていた。

名刺より少し大きいくらいのフィルムが、薄いビニール袋に入れられて箱の底に沈んでいた。

「たぶん、祖父のものを整理したとき、父はフィルムを見つけたでしょう。そして、宇藤さんに送ろう、そう思ったでしょう。でも、もしかしたら肺炎のせいとか何とか、送るのはできなくて、そのままになってたでしょう」

児童公園で撮影されたもの、コンクリートの塀をバックにしたファッション写真のようなもの、二人がブロック塀から飛び降りる瞬間を撮影したものなど。久世の小父さんはプロのファッションカメラマンだったから、どれも素人の撮る子供の写真とは違って、映画の中の小さな恋人たちのように見えた。

「持って行く？」

と、佑太の息子が訊いた。

「ええ。でも、このフィルムは、私がいただいていいものなんでしょうか」

「宇藤さんがいらなければ捨てると思います」

「処分してしまわれるなら、そうですね。お預かりして行きます」

「返してもらっても、捨てるけど」

「お預かりするというのは、いまの場合、いただく、もらうという意味です」

「そうですね。わかりました」

写真を入れた箱は、そのまま伊勢丹の紙袋に入れられた。玄関で礼を言おうとすると、そこまで、と言って佑太の息子はビーチサンダルをつっかけて出てきた。

「ちょっと待って」

門扉のところで伊勢丹の袋を渡すと、聖子の背に手を回してきゅっと抱擁した。

「今日、会ったからわかりました。宇藤さんは、父の最初のカノジョでしょう」

青年は涼しげな笑いを浮かべて不思議なことを言った。あまりにびっくりしたので、聖子は何も言わずにただ曖昧な笑顔を作って数回まばたきをした。

「父からあなたのことは聞いていました」

「私の、こと？」

「はい」

久世穣という名のその青年はそれだけ言うと、手を振って家に戻って行った。

何のことやらわからずに、聖子は来た道を私鉄の駅に向かった。こんどは下り坂が多かった。途中で迷って、プリントしてきた地図を広げることになった。

それから数日、聖子はうわの空で過ごした。長年やっている税理士事務所での入力作業でケタを間違えて文句を言われたり、コロッケ製作時に胡椒を入れすぎたりした。

「なんかちょっと辛いね、今日のコロッケ」

夫の守はあまり料理にうるさいほうではないので、たいして気にも留めずに食べていたが、それでもそんなことを口にするからには、相当すごい量の胡椒が入っていたに違いない。

「あれ、どうなった？　PR誌に書く女性論」

夫の気持ちをコロッケから離すため、聖子は話題を変えてみた。

「他のページの準備が忙しいからね。なんにもやってないよ。だけどあれだね、考えてみればさ、暴挙だね。男性作家が書く女性論なんて。いまどき、誰かがやったらセクハラとかなんとかで袋叩きだろう」

「マモさんが書くって言ってたじゃない」

「気が重くなってきたよ。女のペンネームで書こうかな。おんなじことでも、女の人が書いてれば、そう極端には怒られないからね」

「そんなもん？」

「どうかな？　わかんないな。阿野弥也子なんか、すっごいこと書いてて、相当あっちこっちから怒られてるしな。でも、それでもブイブイ威張りながら書いてるもんな。あれは特別かな」

「誰よ、アノヤヤコって」

「いるじゃない、おばあさんの作家で、すごいこと書くのが」

夫は胡椒の辛さをごまかそうとしてか、中濃ソースをこれでもかとコロッケにかけて、それでも旨そうに口に運んだ。

「ね、初めて好きになった女の人って、誰だった？」

聖子は探るような目つきをしたが、探られるようなことは何もない呑気な夫はこぼれたソースをティッシュで拭って言った。

「幼稚園の渡辺町子先生。四歳のとき。一年後に渡辺先生が結婚して失恋した」

「あら、じゃあ、気持ちを伝える間もなく？」

「気持ちは毎日伝えてたけど、彼女が僕を待ちきれなかったんだろう。目の前にあった幸せにすがりついて去って行ったよ」

「その先生の顔って憶えてる？」

「憶えてる」

「わー、どんな顔？」

「どんなって言われても。きれいな人だったと思うよ。なんでそんなこと訊くの？」

「人の異性に対する美の認識は、人生の初期に出会った愛情の対象によって作られる、みたいなことが、その六十年前の女性論に書いてあったから。ようするに人はいつも初恋の人の面影を自分の新しい恋人に投影するみたいな話」

「ちょっと見てみよう」

そう言って守は本棚から幼稚園の卒園アルバムを引っ張り出した。

少し色の変わった集合写真の中で、ぽっちゃりした渡辺町子先生は化粧のしすぎかハレーションを起こし、太く描いた眉はおかめのようだった。仕方がないこととはいえ、受け持ちの四歳児と写った写真の中で一人巨人のような渡辺先生のスカートからにょっきりと伸びる脛《すね》もたくましく、二十代の前半のようにはとても見えなかった。聖子は渡辺町子先生と自分の類似点について、考えてみたいと思わなかった。

「とくに、きれいというわけではなかったな」

アルバムを閉じると、少しショックを受けたように守は呟いた。

仕事が残っているからと、食事の後で夫がリビングの隅の書斎コーナーでファイルを広げたのを見て、聖子はそっとソファに身を沈め、あれから何度か見ている例の写真を取りだした。

アスファルトの地面につけられた輪っかの模様、マンホールの蓋、凹みのあるガードレール、赤と白に塗り分けられた歩行者用の柵、コンクリート塀、ジャングルジム、クリーム色の団地の前に広がる芝生、といったどこにでもありそうな風景が、なんだかとても懐かしく、胸の奥のほうを締めつける。

父親の向けるカメラの前で少し憂鬱そうな佑太の表情は、二人だけで遊んでいるときと比べると硬かった。けれど写真を見ていると、彼の笑顔や話し方までが、鮮烈に蘇ってくる気がした。それに聖子は佑太がどこか寂しげに下を向くときの憂い顔も好きだったことを思い出した。そうしてから、ひょっとして鮮烈に蘇っているのは、このあいだ会ったばかりの息子のほうの表情ではないのかと思ったりした。

パンツのポケットに入れっぱなしにしていた携帯が着信の振動を起

こした。開いてみるとそれは久世穣からのメールで、たったいま彼のことを考えていたシンクロニシティに驚き、なぜだかうしろめたい気持ちになって、聖子は携帯を持ったまま寝室に移動した。

「このあいだはありがとうございました。今日は、納骨しました。父は、祖父の納骨をしたので、同じに永代供養しました。わざわざ父に会いに来て、ありがとうございました。　久世穣」

メールの最後には、久世佑太の遺骨が納められた永代供養墓のある寺の名前と住所が書かれていた。

リビングのほうから、疲れた疲れたと二度繰り返す夫の声がした。

「終わったの？」

聖子は寝室から大きな声で訊ねた。終わったー、と返事が来た。

「お茶飲もう」

そう夫に声をかけつつ、聖子はメールに返信を出した。

「久世穣さま　お疲れ様でした。お父様も少し落ち着かれたことでしょう。もうすぐお盆ですし、近くに伺った折にでもお参りしてきます。お知らせありがとうございました。　宇藤聖子」

それから立ち上がってリビングに行った。夫が、ビールがいいと言うので、冷蔵庫から缶ビールを出して夫に手渡し、自分には、むくみを取るというトウモロコシの髭茶を淹れた。守はスポーツニュースを観るためにテレビのリモコンを操作した。

七月の東京のお盆の時期に、ほんとうに出かけてみることになるとは、メールを返した時点では考えていなかった。

第三章　哀れなる男性

夏はまだ盛りで、外出がおっくうでないこともなかったが、行きたかった美術展の最終日が迫っていたので、聖子は都内にある美術館に出かけることにした。美術鑑賞は聖子の唯一の趣味で、空いた時間に絵のある空間に入り込むと、どこかに旅に出たような心地良さを覚えるので好きなのだった。

出かけたのは、戦後まもないころにアメリカに渡ってサンフランシスコやシアトルの風景を描き続けた日本人画家の展覧会で、住宅街を走る路面電車の駅近くにある小さな美術館で開催されていた。外国の港やトラックや酒場の絵は、つい、久世の小父さんの撮った写真を思い出させた。

久世穣に佑太と自分の子供時代の写真をもらうまでは、聖子が見たことのある久世の小父さんの写真といえば、アメリカの風景だった。なんにもないだだっ広い道をピックアップトラックが走る風景だとか、緑色をした巨大なトラクターとトウモロコシ畑とか、ぴったりした花柄のブラウスを着て髪を長くしたヒッピーだとか。企画展の絵は五〇年代の光景で、久世の小父さんの写真は七〇年代だったから、ずいぶん違っていたけれど、どこか共通した懐かしさを、聖子は見つけたような気がした。ちょっと屈折した愛情みたいなものを。戦後の日本が持っていた、豊かな国アメリカへの手放しの憧れめいたものを。

そういう感覚って、いまはないかもしれないな、と聖子は思った。いまやアメリカというのは、どちらかといえば乱暴なガキ大将のようなイメージで、誰もが憧れる国とは言い難い。もちろん、ハリウッド映画やＩＴの最新技術はいまも、アメリカってすごいなと思わせるのに十分ではあるけれども。

ミュージアムショップで絵葉書を数枚買った。レジ近くに、「美術館お散歩マップ」と書かれた手描きの地図があった。ぼんやり眺めていたら、路面電車の駅とは反対側へ歩いて数分の場所に、私鉄の駅があることがわかった。

「この近くに花屋さんはありますか」

お釣りを受け取りながら、聖子はレジの女性に訊ねた。

眼鏡をかけた無愛想な若い女性は、それでも少し考えた末に、

「駅前に商店街があって、たしかコンビニの横にありましたよ」

と、答えた。

唐突に花屋の場所を確かめたのは、その私鉄の駅から久世佑太が納骨された寺のある駅まではとても近いと気づいたからだった。美術館で久世の小父さんのことを思い出したのも、東京の西の方にやってきたのも、何かに導かれているような気がした。

駅前で切り花を買い求めると、聖子は電車に乗り、二駅先で降りた。

夏の午後四時はまだ日が高く、陽炎《かげろう》でも立ちそうだった。比較的新し

い寺の門を入ると、手水所《ちょうずどころ》の水が涼しげに光った。墓にはすでに花が手向けられていた。こぢんまりとした寺の墓地ではあるが、きちんとした管理と手入れがなされているのだろう、と聖子は思った。抱えてきた花束は、ばらしていくつかの花立に挿し、手を合わせた。

永代供養墓にお参りするのは初めてだった。久世穣のメールには、佑太は自分の父親の遺骨もここに同じように納めたとあった。納骨を済ませた後、父親の終《つい》の棲家《すみか》だった古い家に暮らしていたのだとも話していた。それなら佑太自身も、この寺を何度か供養に訪れたのだろう。アメリカ育ちの自分の子供は墓の面倒など見ないことを見越して、永代供養を選んだのだろうか。佑太の葬儀をとり仕切ったという妹さんは、どう考えていたのだろう。

聖子の胸には次々疑問が押し寄せたが、答えられない問いばかりだった。

「父の最初のカノジョでしょう」

穣の言葉を、あれからつい何度も考えてしまう。佑太は聖子のことをどんなふうに思っていて、どんなふうに話していたのだろう。

小学四年生の初恋は、中一で憧れの先輩に対象を変えるまでなんとなく続いた。でもそれは、とても淡いものだった。母にせがんでもう一度会う、ということすらしなかった。クラスの女友達といっしょに「誰のことを好きか」を話題にし、「このクラスにはいない」と言い張るときの脳裏に浮かんでいたのは、間違いなく佑太だったが。

一礼をして踵《きびす》を返し、帰ろうとすると、そこに穣がいた。

「あれ、来てくれたんですね」

屈託のない笑顔で、穣が言った。

びっくりさせないでくださいよ、という文句が脳裏に浮かんだが、息子が来るほうが自然であり、イレギュラーな訪問者は聖子なのだから、どちらがどちらをびっくりさせたかといえば、聖子が穣を驚かせたと考えるべきであるのに、この背の高い青年はにこにこして、まるで聖子が来るのを待っていたかのように愛想よく笑った。

背に腕を回されたときの感触が蘇った。聖子は何も言わずに礼をした。

穣は、残っていた支払いを済ませに寺に来たのだという。私はその、美術館が近くにあって、友達があれをくれて、そうしてもうすぐ最終日が、そしてあの、お散歩マップにね、と、なぜ言い訳する必要があるのか自分でもわからないながらに、しどろもどろで語りはじめると、聞いているのだかいないのだか、穣が感じのいい笑みを浮かべたまま、

「ものすごく暑いから、そこでアイスコーヒーを飲みましょう」

と誘うので、聖子は時計を確認してから、同意した。

寺から駅に行く途中の小さな喫茶店には他に客がいなくて、隅の席に二人で座って注文を済ませ、アイスコーヒーのグラスが運ばれてくると、もうあとは誰もいないような雰囲気だった。給仕もコーヒーを淹れるのも初老の女性で、無言でグラスをお盆から下ろすと、カウンターの奥に引っ込んでしまった。冷たいものを飲むのは久しぶりだわ。

水滴をつけたグラスを見て、ふいに聖子は思った。

「聖子さんに会えると思ってなかった」

穣にそう言われると、なんだか差し出がましいことをしたような気になった。

「ですからね、友達が譲ってくれたチケットがあったので、美術展に行った帰りなんです。近くの駅だったし、なかなか東京のこっちのほうに来ることがないから」

「ああ、そのことじゃない。今日のことじゃなくて、今回、こちらに来て父の葬式をして、家を整理しましたが、そういうときに、聖子さんに会えると思っていなかったんです」

「そうですか」

「会いたかったと、思っていましたから。会えてとてもびっくりしました」

「まあ」

「昔、昔、とても小さいころは、もしかして自分の母は、聖子さんじゃないかなと思っていたんですから」

アイスコーヒーをストローで吸い上げていた聖子は一瞬耳を疑い、虚をつかれたような表情になった。

「ごめんなさい、聖子さんはとても若くて、ぜんぜん僕のお母さんの年齢じゃないです。びっくりした？」

目の前の久世穣は目を細めて笑った。

「もちろん、僕はこんな顔をしているから、自分のお母さんが日本人じゃないとわかっていたけど、もしかしたら聖子さんがガイジンみたいな顔かも、そうしたら僕のお母さんかもと、ときどき考えました。ほんとのことですよ」

「私のことを、お父様はなんて言ってらしたんですか？」

「そうね、聞いたのはいつだったかなあ。たぶん、とても小さいときでしたよ」

そう、穣は話し始めた。

「僕は父の一人目の奥さんの子供です。父は母と喧嘩をすると、ときどき家を出て行きました。いつ戻るとか、言わない。三日くらい戻らなかったりします。あれはほんとうに嫌ですね。残された人は腹が立つ気持ちをどうしたらいいかわからなくなる。小さい僕を抱えて母はとてもつらかったでしょう。

父が帰ってきてしばらくは、いいけど、何か嫌なことがあると、母は前のことも思い出すから、気持ちを抑えられないでしょう。そして大きな声で怒る。父は何も言わない。母はもっと怒る。そしてもっと怒鳴る。父は嫌ですから出て行く。その繰り返しですね。僕は子供だったけど、二人はあまりいっしょにいないほうがいいと思いましたね。両方、一人でいるときは僕にとても優しかったから。父が僕に話しかけるときは、日本語。もしかしたら、僕が五歳くらいまで、いちばん日本語が上手だったかもしれない。その後は忘れちゃったからね。父は、桃太郎とか一寸法師の話をした。そして聖子ちゃんのCDを聴いた」

「聖子ちゃん？」

「松田聖子ちゃん。ドライブして父がＣＤをかけると、母は目を大きく開いてぐるぐる回して、嫌だという顔をしました。そしてある日、母がいなくて、二人だけでごはんを食べていたとき、父が言いました。自分がいちばん最初に好きになった女の子は聖子ちゃん。松田聖子ちゃんじゃないけど、おんなじ名前で、とてもかわいかったって」

なんという話だろう。

聖子はびっくりして、動けなくなった。

「僕が六歳になった年に、両親は離婚しました。その前に、父は家を出て女の人のところで暮らし始めた。だから、父といっしょにいたのは五歳までです。

僕が八年生になるまで、二週間に一回と、夏休みの一か月、父と過ごした。だから、僕は父の四番目の奥さんまで、よく知ってるでしょう。八年生は、日本では中学二年生。九年生のときに、僕は母とニュージャージーに引っ越した。父は四番目の奥さんとカリフォルニアで暮らしていましたけど、次の奥さんになる人とレンアイしていました。僕は父に会う度に、いつも感じました。父は、どの女の人ともあんまりうまくいかない。父が好きなのは、聖子さんだったから」

そこまで聞いて、聖子は弾かれたように顔を上げた。目の前の若い男は少し口を尖らせるようにして何度もうなずいた。

「そうそう。聖子さんは父にとって、特別な人でした」

聖子が黙っていると、穣はまた語り始めた。そしてその後に話したことは、前に話したこと以上に聖子を驚かせた。

「どうして聖子さんが父にとって特別なのか。父は父のお母さんと仲があまりよくなかった。とても怖いお母さんだった。父には妹がいて、妹のことはお母さんもとてもかわいがったけど、父のことはよく叩いたりしたみたい。妹を変な目で見ているとか、そういうことを言われたり、お父さんそっくりと言われたりして、とてもつらかったでしょう」

「お父さんというのは、カメラマンのお祖父様のこと？」

「そう。やはり少し浮気というのか、そういう人だったみたい。そして父が中学生くらいになると、顔つきもお祖父さんに似てきたから、そのことですごく怒られたりしたみたい」

「そんなこと、佑太さんの責任じゃないのにね」

「そう。だから父は、聖子さんの家にいた少しの間が、いちばん幸せだったでしょう」

「そんな」

「そう言っていたから、そうでしょう。それ以外、子供時代に楽しい思い出がないと、父は言っていましたから。僕が七年生か八年生で、カリフォルニアを離れる前に父に会ったときです。父は、僕が母とうまくやっていけるのか、心配してたから」

聖子は面食らって言葉を失くし、水がとけて薄くなったアイスコーヒーのグラスの底をストローでつついた。

久世穣の話を聞いているうち、思い出したことがある。

聖子が母に「佑太くんに会わせて」と言い出さなかったのには、理由があった。母が喜ばないだろうと思ったのだ。

あれは、もうすぐ佑太の父親である久世の小父さんが長い海外出張を終えて戻ってくる、というころのことだった。聖子の母は、久世佑太の母親から一通の手紙を受け取った。佑太と折り合いが悪かったという、久世の小父さんの別れた妻から。

母はその手紙を読んだ日から考えがちになった。そして部屋の交換を提案した。

２ＬＤＫの団地の、四畳半の部屋が聖子の子供部屋で、六畳に母が寝起きし、ダイニングを兼ねたリビングのソファベッドで佑太は寝ていた。六畳の母の部屋は玄関脇のちょっと独立したスペースで、リビングと四畳半はダイニングを挟んでつながっていた。その、聖子が寝ていた四畳半に佑太を寝かせ、聖子のためには自分の横に布団を敷いた。

理由は、

「中学生の男の子に部屋がないのは気の毒だから」

というものだった。

そのころは母の意図には気づかず、まだ母といっしょに寝るのも嫌ではなく、たった数日後にいなくなる佑太のために部屋を交換することも、不思議に思わなかった。

ずいぶん時間が経って、あれはああいうことだったのかと、ぼんやりした聖子も気づいた。そのときにようやく、佑太の母親が書いてきた手紙の内容にも思い至った。何か、聖子の母を警戒させるようなことが綴られていたのに違いない。それまで不用意なほどにおおらかだった母が、唐突に、娘と思春期の少年に何かが起こるのを警戒し始めたのは、おそらくその手紙のせいだったのだろう。

――妹を変な目で見ているとか、そういうことを言われたり、お父さんそっくりと言われたりして、とてもつらかったでしょう。

久世穣の声が耳に蘇った。

「どうかしましたか」

目の前の穣が訊ねた。

「いいえ。ちょっとびっくりして、でも」

聖子は顔を上げて笑顔を作った。

「お父さんが、あの夏をいい思い出にしていらしたと伺って、私も嬉しいです」

「いい思い出だけ、じゃないと思います。あ、もちろん、いい思い出だけど、取り戻したい幸福、と思ってたみたい。なんか、女の人とうまくいかないとき、聖子さんだったらこんなことないのにと、思ってたかもしれない」

「それは、お父さんが言ったことじゃないんでしょう。穣さんが想像してるだけでしょ」

「そうかもしれないけど、小さいときに、そう思い込んだから。父は母ではだめで、母以外の女の人もだめで、聖子さんじゃなきゃだめなんだ、もしかしたら僕のお母さんも聖子さんかもしれないと思ったから」

「なかなかすごい思い込みですね」

「でも、子供が感じたことは、けっこう鋭いでしょう」

「さあ。とてつもない勘違いってことも多いものですよ」

それから二人はどちらからともなく話題を逸らし、店を出て駅で別れた。

別れる前に、久世穣は、

「ハグしていいですか」

と、聖子に訊き、そうした。そして、

「いまはお母さんじゃないってわかる。聖子さんはとても若くてキレイだから」

と言った。聖子はうろたえ、その狼狽が顔に出ていないことを祈った。

一人で家に戻る電車の中で考えたのは、佑太の母親の手紙が届いたのと同じころにあった小さな事件についてだった。

ある日の午後、プール教室から戻った聖子は、リビングから聞こえてくる荒い息づかい、苦しげな喘《あえ》ぎ声に驚いた。居間に入ると、不自然に体を曲げた中学生が頬を上気させ、どこを見ているのかわからないような目をして、

「帰ったの？」

と言った。

はっきり目にしたわけではなかったのだが、なんだか変なことが行

われていたのだけは、聖子にもわかった。それで、母と二人になったときに、それとなく伝えてしまったのだった。告げ口する気も、母を驚かせるつもりもなかったのだが、母が突然の部屋替えを提案した背景には、そのこともあったのだろう。

それを目にしても佑太を嫌いにはならなかった。どちらかといえば、何に対してというのも判然としない同情を覚えた記憶がある。

——聖子さんとだったら、父はうまくやれたのかもしれない。

そんなようなことを、久世穣が言った。聖子はとても混乱した。

もちろん、そんなことは仮定に仮定を重ねた話だし、実際には聖子は久世佑太という人物について、ほとんど何も知らないのだった。

そして困ったことに、久世佑太について考えを巡らせているときに脳裏に浮かぶのは、子供のころの佑太でも、遺影の白髪の人物でもなく、聖子の背に手を回して簡単に抱き寄せてしまう、あの、笑顔が印象的で、佑太に似た憂い顔を持つ久世穣なのだった。

家に帰ると夫の守が先に帰宅していて、のどかな声で訊ねた。

「どうだったあ？」

聖子の身の内には理由のわからない動揺が走った。

「え？　何が？」

「美術展」

コーンポタージュ味のスナック菓子を頬張りながら、守は無邪気に答える。

「よかった」

「ふーん」

正直、絵の印象はすっかり久世家のあれこれと混ざってしまい、どうよかったのかを聞かれたら、なんと答えてよいのかわからないくらい聖子はうろたえていたのだが、守はそれ以上深く聞こうとはせず、

「今日さあ、例の、ＰＲ誌に女性論を書かせたい会長に会ってきたんだけど、やっぱりちょっと、あの爺さんはだめだわ」

と、勝手に自分の話題を振ってきた。

「どうして？」

「なんだかねえ。書いて欲しいことの方向性がねえ、変なんだよねえ」

「方向性って?」

「うん」

守は口に放り込んではパリパリ食べていたスナック菓子の袋の口を丸めてテーブルに置き、タブレットを開いて例のエッセイを読み出した。

「あった。ここ。『ある女性を愛して結婚したから、即ち性の独占を女性に誓ったから、妻のみで満ち足りているというのは、男性の本来の姿でありません』『即ち、普通のノーマルな男性は、妻を愛しているに拘らず、機会があれば、数多くの女性に接したいという衝動を元来与えられているものなのです。もし男性一般がそのような、可能な限り到る所に子孫を残そうという健康な本能を与えられていなかったならば、人類は大分前に滅びている筈であります。この傾向は女性にもあることは事実ですが遥かに弱いもののようです』みたいなことをさ、書いて欲しいって言うんだよね」

「ものすごく新しい意見ってわけでもないし、とくに賛成したくもないけど」

「そう。わりと使い古された意見。というか、もしかしたら六十年前の人気作家が定着させたのかもしれない」

「なんでそのお爺さんは、そんなこと書かせたいの？」

「一つは自分の浮気の言い訳。もう一つはいまどきの草食系とか言われてる若者に、本能に目覚めて欲しいんだって」

「本能？」

「うん。若い男に動物としての種まき本能が欠けているから少子化問題が起こり、日本の将来が心配だという論理らしい」

「それで若い人にあっちこっちに種をまけと？　妻や恋人を怒らせながら？　なんか、二重三重に困ったタイプのセクハラだかパワハラだかだわね」

「PR誌のタイトルを『種をまく人』にしたいとか言い出すし」

「うーん。ちょっと県議会かなんかでヤジってみたらどうかしら？『種をまけ！』とか『作れないのか！』とか。そうとう叱られると思うけど」

「いや、ほんとにやりそうで怖い」

「そのPR誌は女性向けで、マモさんが頼まれたのは女性論だったはずでは？」

「そうなんだ。爺さん、好き勝手にズレていくんだよ」

夫の愚痴に相槌を打ちながら聖子が考えていたのは、久世佑太がどんな思いで次々恋愛対象を変えていったのか、ということだった。もしかして、彼自身、変えたくはなかったのかもしれないではないか、息子の穣の言葉を信じるならば。

夫の真横でするにはひどく不謹慎な想像ではあったが、もしも自分の夫が宇藤守でなくて、久世佑太であったら、と聖子は考えてみる。

それはもちろん穣が、「相手が聖子さんだったら、うまくいったかもしれない」みたいな、妙なことを言ったからなのだが、佑太の女性遍歴は、はたして、六十年前のベストセラー作家が言うような「健康な本能」とかいった、一般化されるべき話なのか。もっと個人的な、少年期の満たされなさに帰因するような哀しさではないんだろうか。

いつもどことなく寂しそうに目を伏せていた中学生の佑太、苦悩するような表情を浮かべていた佑太を思い出すと、彼の「どの女の人ともあんまりうまくいかない」人生がとても可哀想に思えてきて、五十五歳で死んでしまった男を形容するのに「哀れなる男性」という、普段は使わない語彙が頭の中を巡る。

「どうした？」

と、守が訊ねた。

「え？　どうもしないよ」

「なんか、僕、変なこと言ったかなと思って」

「ううん、言ってないよ」

「怒ってるの？」

「え？　怒ってなんかないよ」

「正直に言います。そりゃまあ、そういう衝動がまったくないかと聞かれると、ないと言えば嘘にはなるけど、現実に行動するとなるといろいろめんどくさいし、僕らが二十五年で築いた信頼を壊す気は、僕はないから」

聖子はぼんやりと顔を上げた。

いったい何を夫が正直に言い始めたのか、にわかには理解できなかったからである。

「だけどね、この『可能な限り到る所に子孫を残そうという健康な本能』説をもう少し検証するとだね、僕は最近、ある雑誌の記事を読んだんだ。それによれば、チンパンジーは乱婚で、一匹のメスが十匹以上のオスと関係してしまうらしい。そうなるとオスが自分の遺伝子を遺すには一度の射精で大量の精子を送り込み、生存競争に勝たなくてはならないんだ。だからチンパンジーのオスは睾丸がものすごく大きいらしい。これがゴリラになると逆になり、一匹のオスに対して複数のメスがつくとか。こちらは、自分はそれほど努力しなくても子孫を遺す可能性が高いので、ゴリラの睾丸は小さいというんだよね」

「身も蓋もない話ね」

「驚くなかれ、人間は大きさからいってチンパンジーとゴリラの間と考えられていて、基本としては一夫一婦制なんだけれど婚外セックスもあり、男女のうち一方だけが極端に多くの異性と交わるわけではない、というのが進化論的な通説になっているらしいんだ」

「べつに驚かない。というか、進化論的に説明されなくても知ってる」

「しかし、進化論というところに驚きはない？」

「いいえ、とくに。ところで、大きさ、というのは睾丸のこと？」

「いや、標準的な個体の大きさを比較した場合のことじゃないかな」

「だけど、いまの話で行くと、睾丸の大きな人は婚外セックスを好む女性の周りに集まり、睾丸の小さな人は身持ちの固い女の人を渡り歩く浮気性になる、と考えられない？」

「うーん。睾丸だけで考えていいのかどうかわからないな。一般にチンパンジーの睾丸が種として大きいと考えられていても、個体差はあるだろうし」

「それで雑誌の記事の結論は、どうなってたわけ？　睾丸を見て浮気する男かどうか判断しろと？　それは、はっきりいって、すごく難しいことよねえ」

「あんまり、睾丸、睾丸って言うなよ。大きいとか、小さいとかって、品がないな」

「だって、マモさんが言い出したんじゃない。私は『健康な本能』説には、あんまり賛成しないって言ったじゃない」

「そうなんだよ。そういうことを書けって言われてもさ、とくに誰の支持も得られそうにないじゃないか。僕だって困るんだよね」

守はいったん閉じたスナック菓子の袋を開き、また二、三個同時につまみあげて口に運び、パリパリ噛んだ。

聖子は自分の思考やノスタルジックな回想が、何かとても形而下的なものにおとしめられたような気がして、しばらくちょっとばかり不機嫌だった。

聖子は、その後も度々久世穣からメールをもらった。携帯にメールが届く度に少しどっきりした。夫とはあまりメールのやりとりをしないし、息子から来ることもほとんどないし、友人のボンゴの長いメールはタブレットで受けている聖子にとって、突然しょっちゅう入るようになった携帯メールは、かなり異例の出来事だった。

父の残した家の整理を理由に仕事をやめて来日し、英語教師のアルバイトをしていた穣は、少しお金ができるとさっさとアルバイトを切り上げて、長いことやってみたかった日本観光を実行することにしたようだった。一人旅で腰も気持ちも軽いのか、ずいぶんな距離を一日で移動しても平気で、平泉を訪ねていたかと思えば、屋久島をハイキングしていたりする。この旅先で見たものや出会ったことなどを書き送ってくれるのだけれども、それらを読んでいるうちに、不思議な気持ちになってきた。

メールの内容はたわいないといえばたわいないものだったが、

「毛越寺は時間が止まっているみたいです。静かな中で、東京のことや、聖子さんのことを考えています」

とか、

「奈良はほんとうにいいところですね。奈良公園は、広いし、ゆっくりな気持ちになりました。聖子さんも、大好きと言ってたから、それが、わかりました。またぜひね」

とか、

「縄文杉は、すばらしいです。見てよかった！　聖子さん、いつかきっと見に行きましょうね」

などと書いてあったりするので、この外国育ちの青年の日本語に頻繁に登場する「〇〇しましょう」というのが、そのまま素直に勧誘の語尾と受け取っていいとは限らないという大人の判断が揺らいでくるところがある。

こうしたわけで、一人でいると、つい携帯メールを何度も読んでしまい、手をひらひらと振って、頭の中の妙な空気を払おうとしたり、ゆるんでくる頬の筋肉を体操するようにあちこち動かしたりする羽目になった。

最後のメールはこんなものだった。

「旅で知り合った日本人の大学生たちといっしょに、香川県のうどん屋さんに行くことになりました。その旅を終わったら、高松空港から東京に行きます。よかったら、会いませんか？　小さなお土産を買いましょうね」

ええ、ぜひ。

短くそれだけ打ったところで、指がすべって送信してしまった聖子は、あせって別の文章を綴っている間に、次のメールの受信に気づいた。

「金曜日の午後一時に、浅草の大きな提灯の下で、だいじょうぶですか？」

金曜日の午後には、税理士事務所に行く仕事は入れていなかった。

はい。だいじょうぶです。

文字を打ち込んでから、送信ボタンを押すまでの間に、ちょっと逡巡し、いや、こんなもの、早すぎるとか遅すぎるとかちょうどいいとかいうこともないだろうと思って、送信した。

「ありがとう。楽しみしています」

と、返事が来た。聖子は携帯電話をしまった。

金曜日、夫を送り出すとゆっくりシャワーを浴び、髪を整えて支度をした。一度、辛子色のワンピースを着てみてから、鏡の前で少し悩み、てろんとした七分丈のカーキ色のパンツと白シャツ、というスタイルに変えて外に出た。日傘を忘れたのを幾分後悔したが、浅草の仲見世あたりでは邪魔になるかと思い直した。

待ち合わせから十分ほど遅れて、久世穣は現れた。

道の向こうの方からこちらに向かって歩いてくるのを、聖子はゆっくり眺めた。相手はまだ気づいていない、見る側にとって有利な条件のもとで、聖子は心置きなくこの三十一歳の青年の姿を眺めた。

――表現されずに終る人生の初期の、少年期や少女期の印象の上に、異性から受ける感動は積み重ねられます。人は横の、その時の流行の姿形によってではなく、タテの、記憶や無意識の積み重ねを刺戟されることによって異性に対する感動を積み重ねてゆくもののようです。

例の六十年前の人気エッセイを思い出すまでもなく、久世穣は父親に似ていた。しかも、記憶の中よりもずっと背が高く、たくましく、美しかった。たしかに自分が異性を見るときの美の基準は、初恋の相手によって作られたのだ、と聖子は確信した。男は屈託のない様子で聖子に近づいてきた。会うときに、あるいはまた別れ際に、その男が聖子を軽く抱く感覚を思って、身の内に淡い戦慄が走るのを覚えた。べつにそれ以上何が起こるというわけじゃないし、誰にもこんなこと言うわけじゃないけど、とにもかくにも、いま、すごくドキドキしてる。そう、胸の内で独り言を呟いたのち、聖子はめまいのような妙な感覚に襲われた。

目の前の久世穣が、ひと月前より若い気がする。

しかも美しさがさらにアップしている。

声をかけるのを躊躇して、もう一度よく見ると、その男はたしかに穣ではなかった。雰囲気はよく似ているのに違うのである。

次の瞬間、男は二人に分裂した。まるで同じ顔の男が二人現れたのだ。

あまりに非現実的な光景に驚いて立ち尽くしていると、すっかり日に焼けた久世穣がその後ろから現れて手を振った。

「聖子さん、待ちましたか？」

さらにありえないことに、久世穣の後ろからは、久世佑太本人としか思えない思春期の少年が顔を出した。

「びっくりしました？　今日、アメリカから弟たちが来ました」

「弟？」

「はい。お母さんが違う。この二人は父の二番目の奥さんの子供。双子です。ケンとマイケルですね。そして彼は、四番目の奥さんの子供です。名前は、ウィル」

浅草の赤い大きな提灯の下で、久世佑太の四人の息子が笑った。彼らは順繰りに聖子をハグした。聖子の頭の中に「種をまく人」という言葉が旋回した。

第四章　妻は世間の代表者

ジョー、ケン、マイケル、ウィルの異母兄弟たちは、驚くほど仲がよかった。

「お父さんが、どっか行ってるときは、僕たちは、けっこういっしょにいたね」

なんでもないように久世穣は言い、英語で弟たちに通訳した。

弟たちの誰一人、日本語を話せなかったが、穣が何か言うと、うんうんとうなずき、久世佑太そっくりの顔をして笑った。

「お母さんたちはちょっと仲悪いけど、僕たちは、いっしょに遊んだり、ふつうにしてたから」

マイケルが何か言ったのを通訳して、穣はそんなふうに説明した。

お母さんたちは仲悪いけど?

なんだかすごい話よね、と聖子は思った。

佑太の三人の妻たちが、彼の不在のときに異母兄弟を預かって世話をしていたということなのか。しかもそれぞれはちっとも仲がよくなかったってことか。たしかに、仲良くできる理由があまり想像できない。佑太って人も、なんだってそんなことができるのか。考えていると、佑太も、繊細で孤独そうなあの少年ではなくて、案外ずうずうしい、都合よく女たちを利用するこずるい男のようにも思えてくる。

「どの女の人ともあんまりうまく」やれなかった男とは、ある一方的な見方であり、どの女ともよろしくやった男という見方だってできるわけだ。どちらがほんとうなのか、中学生のころの佑太しか知らない聖子には判断がつかなかった。おそらく、どちらもほんとうなのだろう。

息子たちは屈託のない笑い声を上げて、何か思い出すのか、

「That was fun!」

とかなんとか言って、肩を叩きあったりしているのだった。

待って。二番目の奥さんの子供が双子で、最後の小さいのは四番目の奥さんの子供って言わなかった？

「三番目の奥さんには、お子さんはいなかったの？」

思わず口にした疑問に、一瞬目を泳がせた穣は、それから肩をすくめてぷるぷると首を横に振り、弟たちに何か言った。

「Oh, no!」

と、雷門の前で弟たちは口々に叫んだ。

そしてベラベラと英語で何かを言い合った。ノーとか、ジーとか、ガーとかいった。叫びというか、聖子にははっきりとは意味が取れない、不愉快さとか失望とか不満めいたものが伝わってくる音を、男の子たちはそれぞれに響かせながら何事かわめき散らした。

「三番目は、ダメですね。ちょっと、頭おかしいし」

そう言って、弟たちに英語で話しかけると、四男坊のウィルが肩をそびやかせて、なにやらごにょごにょ呟き、他の三人は、まったくだという表情で笑った。

「なんて？」

好奇心に駆られてそう訊ねると、穣はなんでもなさそうに、

「三番目は、あれは最悪。五番目のほうがましだって」

と言った。

五番目！

「五番目の奥さんもいるの？」

思わず声を上げると、穣は唇をあっちへ曲げたりこっちへ曲げたり、妙な顔を作って、

「五番目は、奥さんじゃない。なんと言いますか、愛人？」

と答えた。アイジンのジン、の音が、なんとなくジューンみたいに聞こえた。

「日本にいる間は、誰かいたのかしら、その、お父さんのそばには。女の人は？」

「五番目はぁ、ときどき来てた？　かもしれないですね。でも、けっこう、喧嘩してたね」

「お子さんは？」

「やめて！　聖子さん！　いないよ。もう、弟はいらないよ！」

穣は手をひらひら振って笑った。弟たちはてんでに仲見世を冷やかしながら、浅草寺の境内に入っていこうとしていた。

「あ、聖子さん、これ、お土産ですからね」

聖子は穣の手から包みを受け取った。

開けてみると、携帯ストラップに目玉おやじのようなキャラクターがついていて、タグには「うどん脳」と書いてあり、聖子が目玉の黒目の部分だと思ったのは、うどんのようにも見える脳みそで、なぜだか頭に丸く穴を開けて脳みそを覗かせているその白い丸頭のキャラクターが、香川うどん県の「ゆるキャラ」なのだそうだ。

穣は聖子の手の中のそれを、つんつんと指でつっつきながら言った。

「僕、これ、好き。すっごく。かわいいね」

いや、とくにかわいくはない。

そうは思ったが、口にせずに聖子は穣と目を見合わせて笑った。

聖子の中で、とても奇妙な混乱が起こっていて、それを明確には言語化できなかったので、とりあえず笑うことにしたのだ。

久世佑太の息子たちは、人好きのする笑顔を振りまいて聖子を混乱させた挙句、それぞれアメリカの違う州へと散るように帰って行った。久世穣は父親の住んでいた家と土地を売却する目途をつけた後、旅行で気に入った久米島に英語教師の職を見つけたとかで、弟たちを見送ると早々に引っ越して行った。

雷門の大提灯の下で撮影した写真が、少し経ってから送られてきた。よく似た四人の若い男に囲まれて、聖子は一人すっとぼけたような顔で写っている。

佑太の遺伝子を持つ子供たちが多かれ少なかれ、それぞれ種をまいて増えていくことは、自明であるように思われた。久世佑太の人生が孤独であったかどうかについて、あるいは「哀れなる」ものだったかについて、聖子は考えるのをやめることにした。それは「孤独」という言葉の定義に関わる問題であり、自分のような者に解明できるほど単純なものではなさそうだと思えてきたのだった。

男とは一体どういうものなのだろう、という素朴な疑問が、久世佑太の息子たちに会って以来、聖子の胸にぼんやりと浮かんでは消える。それは、かの六十年前のベストセラーの中で作家が、「(男性にとっては女性が、女性にとっては男性が) 生涯の疑問であり、研究対象である」と強調するのを読んだからでもあるのだが、はたしてそれが「生涯の疑問」「研究対象」と言えるほどのものかどうかは、よくわからなかった。

ただし、六十年前にベストセラーになっただけあって、この作家による文学作品の要約というのは抜群に面白かった。題名だけは知っていて、熱海旅行で〈貫一・お宮の像〉というのを見たことのある『金色夜叉』という古い小説が「貧乏だということの外には何の欠点も持っていないマジメな書生を嫌って、金持ちだということの外には何の長所も持っていない男の所へ嫁に行くと、どこかの海岸で逢った時に足で蹴とばされるばかりでなく、定期的に月が曇って天文学の進歩をサマタげることになり、文化の敵と見なされる危険がある」ということを書いているとは初めて知ったことで、無性に読んでみたくなったりした。「定期的に月が曇る」とは、心変わりしたお宮という女に対する貫一青年の憎悪の念が、定期的に月を曇らせる現象を指すらしい。いくら文学作品に登場するからって、男が着物を来た女を蹴とばしている銅像なんか作って観光地に置くというのはどういうセンスか、と聖子は長年疑問に思っていた。それこそ海外からやってくる外国人旅行者などに、そらみろ日本は男尊女卑の国である、との偏見を助長することになりはしないだろうかと聖子は思うのである。

だからもし銅像を作りたければ、貫一がお宮を蹴っている姿ではなく、貫一の涙で曇った月を観察するのに難儀する真面目で一途な日本人天文学者の群像にしたらよかろう、という主旨のことを、うっかり夕食の席で口に出すと、夫の守はまさに飯を噴き出しそうな表情で、あからさまに妻の聖子をバカにし始めた。

「天文学がどうのっていうのは、伊藤整という作家がつけ足した、いわばジョークの部分でしょ。実際に月が曇って天文学の研究に支障をきたす場面なんか、ないに決まってるでしょ」

「なんだ、ないの？」

「あたりまえだろう。きみ、なんにも知らないね」

「知らないわよ、ふつう」

「幼なじみのお宮と貫一はいいなずけ同然の間柄だったんだが、カルタ会という、当時の合コンみたいなので、お宮はダイヤモンドの指輪をぎらぎら光らせている大金持ちの富山に見初められ、すっかりその気になって結婚を決める。振られた貫一が熱海の海岸でお宮を蹴りとばすのは有名な場面なんだよ。ちょっと待ってて」

守はまたしても本棚に向かい、しばらくがさごそと捜索した後、古い『金色夜叉』の文庫本を手にしてダイニングに戻ってきた。

「あ、ここだよ。読むよ」

夫は息を整える。

「『嗚呼《ああ》、私はどうしたら可《よ》かろう！　若《も》し私が彼方《あっち》へ嫁《い》ったら、貫一さんはどうするの、それを聞かして下さいな』／木を裂く如く貫一は宮を突放して、／『それじゃ断然《いよいよ》お前は嫁く気だね！　これまでに僕が言っても聴いてくれんのだね。ちええ、腸《はらわた》の腐った女！　姦《かん》婦《ぷ》!!』／その声とともに貫一は脚《あし》を挙げて宮の弱腰をはたと踢《け》たり。地響して横様《よこさま》に転《まろ》びしが、なかなか声をも立てず苦痛を忍びて、彼はそのまま砂の上に泣伏したり」

「ドメスティック・バイオレンスですか？　しかも『ちええ』って、なによ、『ちええ』って」

「だって書いてあるんだから。他に読みようがないだろ。『チェッ』かなあ。いや、やっぱり『ちええ』って、こう、鼻の頭に力を入れて言うんじゃないかな。『ちええ』」

「好きになれないけど、この小説がウケたのはわかる。めちゃくちゃワイドショーっぽいもの。だけどね、やっぱり問題だわよ、熱海の海岸にDVの銅像ってのは」

「説明を加えればいいんじゃないのかなあ。『けっしてよいこは真似しないでください』的な、こう、暴力反対的なものを」

「ちええ」

「やめて。きみはそれ、似合わないから」

きっぱりした口調でそう言って、沢庵をぱりぱり噛んでいる夫の向かいで、聖子は小さな声で「ちえぇ」「ちえぇ」と繰り返した。

六十年前のベストセラーが解説していた内容のポイントは、じつは『金色夜叉』ではなくて、ロマンティックなセリフや何かで釣り上げて結婚した相手に、男は三日か三か月か三年もすれば飽きてしまって、妻を疎《うと》ましく思うようになる、という部分だった。

しかし、本来、疎ましいのは妻本人ではなくて、親とか親戚とか隣近所とかいった小うるさいもの一般、つまり世間である。妻は、それらの代表者のように思われているに過ぎないのだから、真に夫に嫌われたなどと考えることはない、むしろ、世間一般を代表して疎まれてこその妻である、というような。

ずいぶん勝手な論理だと思うものの、異性というものが謎の存在であるという一点については、聖子も認めざるを得ない気がした。

齢《よわい》五十を迎えた聖子にとっても、いまだ男というのは謎である。

謎ではあるけれども、男というのは、おしなべて「男」とひとくくりにしていいものなのだろうか。聖子としては、女だからといって、おしなべて「女」とひとくくりにされるのは、面白くない。

あまり思い出すこともない数えるほどの元カレたちと、久世佑太と、聖子にとって最も身近な男性である夫と、命に代えてもいいくらい愛している、というか、普段の生活でそう意識しないにしても、何かあれば代わって死ぬくらいのことはしてもいいとまでも考えることのあるほど愛している息子とを、「男」とひととくくりにするのは違和感がある。

愛してはいるんだけどもねえ。

聖子のとりとめのない考えはふわふわと意識の中を漂って、視線は夫の丸く突き出てきたお腹のあたりに留まり、すでにそのぽっこりしたお腹回りすら父親に似てきた勉のことへとスライドしていく。

愛しているし、日々思ってもいる。けれども、もさっとした青年に成長して、まったく母親には理解できない勉強をしている二十四歳を、どう扱えばいいのかわからない。日々、心配しているのだが、いったいこの息子の何がどう心配なのかも、よくわからない。

久世佑太の人生に大きく影を落とした母親の存在を思うにつけ、勉が女性とつきあおうとしないのには、何か事情があるのだろうか、勉との関係で、自分にどこかしくじったところがあるのだろうかと、考えてしまうのも事実だった。

そんなことをつらつら思い巡らしているところへ、携帯がテーブルの上でブルブルと振動し、メールの受信を知らせた。

勉、とあった。噂をすれば、というやつか。

「週末、帰る。」から揚げ、希望」

昭和初期のドラマに出てくる電報のようなそっけないメールだったが、四月以来、顔を見ていない息子が帰ってくるという情報に、聖子の気持ちは一気に明るくなった。

「パパ、週末、勉が帰ってくるんだって」

守と聖子は、勉が成人式を迎えた年に、お互いを「パパ、ママ」で呼ぶのをやめて「マモさん、聖子さん」に戻した。それでもときどき、息子が関わる何かがあるときにはいまでも「パパ」が口をついて出る。これがいつか「おじいちゃん」になるときが来たりするんだろうかと、想像してみたりする。

「なんか久しぶりだねえ」

「そうねえ。勉、どれくらい、いるのかしら。ちょっとメールしてみるから」

聖子が感極まった長たらしい返信を打とうとしている間に、

「三泊四日」

という無愛想なのが届いた。

週末、聖子は盛大にから揚げを作った。

きれいに脂肪を取り除いたもも肉を少し大きめの一口大に切って、生姜醤油に漬け込み、片栗粉をまぶして揚げるシンプルなものと、衣にカレー粉を混ぜたものの二種類を作った。

から揚げは勉の大好物だから、多めに作っても翌日の昼にはきれいになくなるだろう。久しぶりに夫と二人だけの食卓ではないのが嬉しい。

夫婦だけだと魚や野菜中心食になりがちで、それはそれで体にいいのだけれども食卓に華やかさが欠ける。テーブルの中心にどんと肉料理が据えられる楽しさは、やはり若者といっしょの食事でこそ味わう魅力がある。

勉の好きなコブサラダ、勉の好きなシジミの味噌汁、勉の好きなハチミツ入り卵焼き、と献立を考えていると、いやが上にも力が入って、到底三人では食べきれないような量の料理ができあがった。

そしてそれはこの場合、期せずして成功を収めることになった。

六時ごろにインターホンが鳴り、玄関の鍵を開けて勉を迎え入れたとき、聖子は勉の大きな背中の後ろに立っている、ころっと丸いもう一つの姿に気づいた。

「勉、お帰り。あの、お客様？」

「そうだよ」

「あら、いらっしゃい」

「どうも」

「あら、あら、あら、素敵。お客様。お客様」

「早く入れて。暑いんだから」

「あら、やだ、ごめんなさい。入って、入って」

「どうも」

お客を連れてくるなら言っておいてよ、という気持ちと、この人が勉の初めてのガールフレンドか、そうなのか、という気持ちが、聖子の中で互い違いにダイビングする。

真っ黒なバージンヘアを左右で三つ編みにし、こぶりのリュックを背中にしょっている女性はちょっと太めで、勉のものとよく似た縁の眼鏡をかけていた。化粧をしていないのでひどく若くも見えるけれど、堂々とした体軀がやや年齢のいった女性かとも想像させた。

勉も女性も名前を言わないので、なんと呼びかけていいかわからず、

「じゃ、履いてねー」

と、スリッパを床に揃えた後、聖子は逃げるようにキッチンに引き揚げて呼吸を整えた。

二人はリビングのソファに腰かけて、それぞれスマートフォンを静かにチェックしている。

これか。これが勉の彼女なのか。

聖子の心臓はいままで打ったことのないような激しい鼓動に見舞われた。

勉がガールフレンドを連れてくるという夢にまで見たその日が、と

うとう訪れているのだろうか。二人はシリアスな関係なのだろうか。まだ知り合ったばかりなのか。いくつなの。この女性は宇藤家に滞在する予定なのか。だいいち、だいいち、なんと言う名前なのか！

聖子の頭の中を、聞きたいことがわんわん駆け巡るようだったが、あいかわらずなんにも言わずに、お若い二人は一人ずつスマートフォンを眺めているのだった。

もう、こんな緊張には耐えられない。意を決して、せめて名前を聞こうじゃないの。

聖子がそう強く思ったところでインターホンが鳴り、モニター画面に守の顔が映った。

「お帰りなさい。勉、帰ってるのよ。それでね、お友達も」

さまざまなことを一気にしゃべろうとする聖子の声を遮るようにマンション入り口の自動ドアが開いて、夫の影はモニターから消えた。

玄関を開けると、守は好々爺然《こうこうや》とした笑みを浮かべて、手には缶ビールが六本入ったパックを下げていた。

「下のコンビニで冷えてるの買ってきたから、とりあえず乾杯しようよ」

と夫は言った。

聖子はにっこりして受け取りながらも、目線をすばやく移動させ、夫に客人の姿を印象付けようとした。基本的に鈍感力のある守は、何一つ気づかないままにリビングに入った。

「おう、勉、久しぶり。どうだよ、あっちは」

「うん。やってる」

「あれ？　こちらに、人がいる」

夫の守がそう言った。何かもう少し気の利いた言いようはないのか、と聖子はやきもきした。

人、と呼ばれた女性はあわててスマートフォンを置き、眼鏡に手を当てて勉のほうを見た。

「勉の、友達？」

「そう。七月からいっしょに住んでる。トヨトミチカコさん」

「ああ、そう。初めまして。よく来たね」

何事もないように応答する夫は、ちゃんと聞き取ったのであろうか。

それとも自分の空耳か。

七月からいっしょに住んでいる？

その日、トヨトミチカコという名の女性は、聖子の料理をしっかり食べ、勧められるままに宇藤家で風呂を使い、なんの抵抗もなく勉の部屋に泊まった。勉のシングルベッドは二人では狭くないのか、という疑問が喉まで出かかったのだったが、口に出す機会を逸した。リビングのソファベッドに置いたシーツやタオルケットを残し、枕だけを抱えて勉の後ろをついて行ってしまった眼鏡女子に、あなたはこっちですよ、と言う勇気は、聖子にはなかった。

息子が思春期を迎えてからこっち、いつかは連れてくるだろうと覚悟し、ここ数年は、いつなの、いつなのよ、と半ば祈るような気持ちで待っていたことを思えば、いつのまにかあっさりと彼女を作っていた息子に、むしろ安堵の気持ちを覚えるべきなのだろう。

それなのに、どうしたというのだろう。無口な息子に輪をかけて何もしゃべらない女性の、地味といえばあまりに地味な、あの風貌。これは夢ではないのか、現実ではないのではないか、あの人が息子の彼女のわけはないのではないか、という気持ちが拭えないのはどうしてなのか。

もし仮にあの女の子が勉にとっての愛の原型であるならば、息子はいついかなるときにどのような初恋対象を持ったがゆえにあのような女子を選択するに至ったのか。あるいは、あるいは、あの眼鏡女子が正真正銘、勉の初恋であるとなれば、それは今後一生、勉にとって美の原型となるのが、あのもさっとした眼鏡の女の子なのだろうか！

玄関脇の奥まった部屋に、ドアを閉めて息子と彼女が閉じこもった後、宇藤夫妻はシーツを脇にやってソファベッドに腰を下ろし、どちらからともなく同時に溜息を吐いた。

「驚いたなあ」

守は、すっかりぬるくなったビールを苦い顔で飲み干すと、声を落とした。

「いつからなのかなあ」

ほんとうは他にいくらでも疑問はあったのだけれども、とりあえずいちばん穏当なものを、やはり小声で口にすると、夫はすかさず、

「七月からって、言ったじゃない」

と答えた。

「暮らしはじめたのが七月なら、もっと前からつきあってるんじゃないの？」

「あっちへ行ったのが四月だから、案外、勉も手が早かったね」

「あのお嬢さんが、人生初のガールフレンドなのかな」

「そりゃ、わかんないぞ、いまとなっちゃ。あいつ、うちにいるころは、そぶりもなかったけどなあ。やっぱりあの人が最初なのかな」

「ちょっとイメージ違ったね」

できる限り、悔しそうなニュアンスを込めないように注意して呟いた妻の横で、夫は眉間に皺《しわ》を寄せて顎を少し上げ、しきりに何かを思い出そうとする。

「こういうときに適切な表現があったんだよ。なんだったかな。勉のやつ、あれで、いいのかなっていうか、なんていうんだ？　鯖だとか、秋刀魚だとか、もう一声、光モンで、青魚を言ってみて」

「青魚と勉に何の関係が？」

「いいから。鯖じゃなくて、秋刀魚じゃなくて」

「鰺？」

「鰺じゃない」

「鰯？」

「それだ。鰯だ。『鰯で精進落ち』って言おうと思ったんだよ」

「なにそれ」

「ずっと肉食を断って精進料理だけを食ってる坊主がいるとして、

その禁戒を破るってときになってさ、他に旨い魚も高い魚もあるだろうに、おまえ、鰯なんかでいいのかよ、と」

「マモさん……」

眉を顰《ひそ》めた聖子に向かって、守は口を尖らせた。

「あ、ずるい。いい子になろうとして。おんなじこと考えてたくせに」

「いや、そういう悪いことは私、考えてない」

「悪いことって、なんだよ。自分だって、イメージ違ったって言ったくせに」

「いや、だから、それは、外見じゃなくて」

「え？　じゃ、内面？　危険だなあ、そういう発想は。一度会ったくらいで、内面までわかった気になるのはまずいだろう」

「そうじゃなくって」

何か言えば必ず失言しそうな雰囲気の中で、聖子はむしゃくしゃした気持ちをどこへぶつけたらいいかわからなくなり、

「いっしょに来るなら来るって、言ってくれればいいじゃない」

と論点をずらしてみた。

すると、なぜだろう、言い知れぬ解放感が巡ってきた。たったいま自分の口にしたことが、誰に憚《はばか》ることのない正論に思えてきたのだ。

続ける言葉にも、思わず力が入った。

「それだけは私、明日、勉に言うから」

そう、鼻息荒く宣言したものの、息子の勉にたったそれだけのこと

を言うことができたのは、彼と彼女が関西へ帰ってしまうという日の朝のことだった。

息子とガールフレンドは、ともに血圧が低いのか朝は遅くまで寝ていて、昼近くなってから出かけていくのだった。帰って食事をするのかという問いかけに勉は、

「たぶん、いらない。いるときは連絡する」

と答えて、一度たりとも連絡はなく、帰ってくるのはだいたい夜で、シャワーを浴びると二人して部屋に引っ込んでしまうのだった。「おやすみなさい」だけが、聖子と眼鏡女子との間に交わされる挨拶だった。数日で百にも膨れ上がった聖子の「聞いてみたいことリスト」に答えがもたらされることはまったくなくて、リストはいつのまにか発

酵してぷつぷつと泡を噴き出しそうだった。

部屋から出てきて、午後の新幹線で帰ると宣言する息子をつかまえて、やっとの思いで聖子は言った。

「今回みたいに、いっしょに来るなら前もって言っといて。ごはんの用意とか、あるから」

「わかった」

「もう帰っちゃうなんて残念ね。もう少し、ゆっくりお話ししたかったな」

「こんどね」

「彼女は、お部屋？」

「うん。荷物作ってる」

「どこで知り合ったの？」

「大学」

「じゃ、同じ、哲学科の院生？」

「そんなもん」

「同い年？」

「三つ上」

「上？　彼女が？」

「三つね」

「その、あれ？　あなたから、つきあいましょう、みたいなことを言ったの？」

「さあ。お互い、なんとなく」

「チカコさんのご両親には会ったの？」

「なんで？」

「いや、あの、心配じゃないのかなと思って。娘が男の子と暮らしはじめたってこと」

「彼女はあんまり両親と仲良くないんだよ。そういう家庭もあるでしょう」

「あら、そうなの。複雑なの？」

「フクザツっていうか――。なんかさ、ちょっとうるさいよ、ママ」

「え？」

かなり力をセーブして質問していた聖子は、意表をつかれて黙った。

「そういう調子でチカちゃんに聞かないでね」

「そんなことしないわよ」

「そういうのが苦手な人もいるんだよ」

「そりゃそうでしょ」

息子に、いきなり「無粋な母親」呼ばわりされた気がして、聖子は不愉快になった。これまで、ずいぶん物わかりのいい母親を好演していたつもりだったのに、と思うと、むかっ腹が立って「ちぇえ」と叫びそうだった。しかしその不機嫌をまるごと息子にぶつけるのはさすがに憚られて、ふと、

「まあね。結婚するって話じゃないんだし」

と口走ったのは、後から考えると失策だったかもしれない。勉は怪訝な目で母親を見ると言った。

「結婚はどうだかわかんないよね」

「そうよ。まだ、あなた二十四でしょ。いまどきの人はみんな三十代よね。この先、何があるかわかんないし」

「わかんないっていうのは、ずっと同棲でもべつにいいかもって意味だよ。他の人なんて考えてない。僕は彼女とずっといるつもりだよ」

珍しくも長いセリフを繰り出す息子の言葉に、聖子は動揺して心の中で「マモさん！」と叫んだが、実際には何も言わなかったので、宇藤家のリビングはことのほか静かだった。

「そう、なの？」

しばしの沈黙ののち、聖子がようやく訊ねると、勉はうなずいた。

「いろんな女の子とつきあってみたいとか、ないの？」

言ってしまってから自分でも不謹慎だと思ったのは、息子がほんとうに嫌な物を見るような目つきで自分を一瞥《いちべつ》したからだった。

間がいいのか悪いのか、眼鏡をかけたトヨトミチカコが、荷物ができたと言って顔を出し、母子の会話は打ち切りになった。

去り際にチカコは顎とお尻を突き出すようなお辞儀をして、

「お世話になりました」

と言い、それから不思議そうに、

「おじさんは？」

と、部屋の中を見回した。

「仕事」

勉の短い答えに、いまさら合点がいったのか、ゆっくり何度もうなずくと、

「よろしくお伝えください」

とつけ加え、勉に促されるようにして、チカコは行ってしまった。

リビングに残された聖子は脱力感で、腕をだらんと横にたらしたまま、虚空を睨みつづけた。

こんなことは、一般的には息子が中学生くらいのときに経験することなのだろうか、とか、あの人がうちの嫁みたいなものなのか、とか、ご両親と仲が良くないってどういうこと、等々、さまざまな疑問がトルネードのように聖子の脳裏を旋回した。親と仲が良くない、というフレーズが久世佑太の孤独を呼び起こし、増幅した佑太の遺伝子が頭

にチラつき、帰って行く勉の丸っこい背中に、「僕は彼女とずっといるつもり」という声が重なって、聖子は思わずうぅと唸って目を閉じた。

そして、あわてて閉じた目を開いた。

税理士事務所に行く時間だったからだ。

おおいそぎで着替えて化粧もそこそこに家を出る。こんな日に限って出勤日なんだから、と、不満を抱えて電車に乗り、二つ目の駅で降りて、駅前商店街の中の雑居ビルを目指した。

金原税理士事務所の金原芽衣子は、もとをたどれば、聖子の大学の先輩の友達で、五十五歳の独身女性である。

仕事の合間にお茶を淹れて、いただきもののクッキーを頬張りながら勉の話をすると、目を嬉しげに細くして、金原女史は笑った。

「あなたもあれねえ、世間並みの母親のような反応をするわねえ」

からかうような眼差しに、聖子はちょっと気を悪くする。

「そうですかねえ。私は成人した息子の交友関係に口を出すようなことはしてないし、感じよく振る舞ったつもりだけどな。愛想無しなのは、あちらのほうですよ。ほとんど話もしないで帰っちゃうし」

「ま、世間が母親に期待するのは、世俗的な常識だとか社会秩序に若者を屈服させる役割なのだから、無愛想なお嬢さんにいらついたりするのは当然の権利というか、むしろ、いらついてこその母親と言えるのでは？」

家庭を持たない人にありがちな、年齢不詳の独特な化粧をした金原女史がニヤニヤ笑い続けるので、聖子も子供のようなふくれっ面を晒すことになった。

「でも、私、ほんとはね」

下唇を突き出して聖子は続ける。

「息子がガールフレンドを連れてきたのに、よくやったとか、おめでとうとかいう気持ちになれなかったのがショックなんですよ。つい先週まで、息子に彼女がいないってことが悩みの種だったわけで、彼女を連れてきたら、もうそれだけでハッピーになるはずだと。息子にこっそり、いい子じゃないの、やるわね、みたいなことを耳打ちするとか、いろいろ夢見てたので」

「人間、思惑通りにいかないことって多いのよね。だいじょうぶ、挽回のチャンスもあるわよ、きっと。少し、息子から気持ち離したら？」

金原女史はにこやかな表情を崩さず続ける。

「ね、あのさ、ちょっと仕事を増やさない？」

なんだ、この人、唐突に。

聖子はむっとする。

子供のいない人って結局、子供の心配をするのは暇なせいだと思ってるわけよ。

聖子の内心にむらむらと不信感を植え付けたのに微塵も気づかないまま、金原女史はよいしょと立ち上がってクリアファイルを取りに行き、中からパンフレットを取り出した。

「知り合いのやってる非営利団体なんだけど、経理担当者が辞めちゃったんだって。ものすごく困ってるって言うから、ちょっとなら手伝うって請け負っちゃったんだけど、帳簿も何もぐちゃぐちゃなのよ。やる人がいないんだって。だから、うちから出向みたいな形で、しばらく行ってもらえないかな」

パンフレットには「サポートステーション・ゆらゆら」と書いてあって、その意味不明のネーミングセンスにもびっくりさせられたが、どこかの団体の経理を自分が任されそうになっている事実のほうがさらに聖子を驚かせた。

「私にできる仕事でしょうか、それ？」

「あなた、うちに何年いるんだっけ？」

「十二年」

「あなた、簿記二級くらいラクに受かる腕よ。だいじょうぶ。宇藤さんならできるから」

「私に？　ほんとに？」

「頼むからお願いします」

手を合わせると、金原女史は目をつむってお辞儀をした。

第五章　五十歩と百歩

　何が聖子をむかつかせたかというと、その日、家に戻って夕食の席で、

「金原さんに頼まれたから、ＮＰＯ法人の経理を手伝うことになるかもしれないの。そうすると、毎日出勤することになるけど」

　と切りだすと、夫があからさまに迷惑そうな顔をして、

「それってきみがやらなきゃならない仕事なの？　金原さんも強引

だよね。自分で引き受けといて、現場を他人に押しつけるのはどうかと思うよ。だいいち、きみ、できるの？」

と言った、その言い方と顔つきであった。

とくに最後の、

「だいいち、きみ、できるの？」

とは、何を根拠にした発言なのか。

その上、聖子が答えないでいるのをいいことに、守はその失礼な発言に、

「だったら僕のをやってほしいよ。毎月の税理士費用、けっこうかかってるからね」

と続けたのだった。

守は自分の人脈で金原女史とは別の税理士に確定申告等の事務を依頼している。二十年ほど前に出版社を辞めて現在の編集プロダクションを始めて以来のことだ。聖子が金原事務所に行くようになったのは十二年前のことで、その前は子育てで仕事をやめていたし、結婚当初と独身時代はメーカーの企画室で働いていた。聖子は夫婦でいっしょに仕事をしたいと考えたことがなかったし、夫に頼まれたこともなかった。

「あれがなくなれば、かなりラクになるんだよ」

と、夫は平気で言う。妻だからといって「あれ」に値する報酬を払わなくていいという発想はどこから出てくるのだろう、と聖子は不機嫌になった。

「マモさんとこの経理やったら、いくらくれるの？」

むっとした聖子は半ば本気で訊ねるのだが、守はまったくの冗談だとでも言うように頭をゆらゆらさせて、食卓を離れてリビングにあるソファへ移動して行った。

たしかに金原事務所での仕事は週に三回で、守は「パート」としか考えていないかもしれない。しかし金原女史がいみじくも確認したように、十二年も働いているし、小さな事務所でいろいろなことを任されたから、ただ数字を打ち込んでいるだけではないのだ。守は妻が家の外でしている社会的な活動をまったく知らないにもかかわらずものすごく過小評価しており、妻が出産前はそれなりに優秀な企画ウーマンだったこともすっかり忘れている。

聖子自身はどうしても仕事で成功したいというタイプではなかったし、自分の母親が仕事ばかりしていて寂しい子供時代だったので、勉が小さいころに家にいることにしたのは自らの選択でまったく悔いはない。ただ、嫌なのは、ごくたまにではあるけれども、こうした夫の無理解というか、見下したみたいなものが透けて見えることで、あのまま名の通ったメーカーの企画室で仕事を続けていたら、夫はこんな態度をとっただろうかと、つい考えてしまうのだった。あるいはほんとうに、夫のプロダクションの経理関係一切を握って共同経営者になってしまえば、宇藤家での聖子の発言権は飛躍的に大きくなるのではないか。

そして、それは夫の守がまったく望んでいないがゆえに実現していないないのだ、と聖子は知っている。

「マモさん」

聖子はやや挑戦的な口調で問いかけた。

「来週の水曜日、私たち銀婚式だって気づいてる？」

「知ってる、わかってる、気づいてる。でも無理。忙しい。予定が見えない。必ずお祝はするから、待って。ちょっとだけ待ってくれ。頼む」

守は防御一辺倒の口調でわめきたてた。

あー、めんどくさ。

聖子は心の中で呟く。結婚生活を円滑に送って行くには、常にどこかで何かを譲ったり曖昧にしておいたりする必要があるのは自明のことだが、これが「ま、いっか」の状態なら円満、「もう、耐えられない」の状態に傾けば円満とは言えなくなる。多くの場合、その境界線は微妙で、他人から見ればひどく些細であったりもする。しかし、毎日のことであれば、些細なものも積もれば巨大になるし、些細なものが他のものに影響を及ぼしてひたひたと境界線を侵すこともある。夫婦が十組あったら十組分の、他人には推し測れない境界線があるものである。

例の六十年前のベストセラー作家の本には、「たいへんなことです。全家庭の奥様方のうちその九十二パーセントは離婚を希望しておりますす」という一文があり、妻たちの離婚願望を実践に至らしめることを阻止しているのは、「どんな男も五十歩百歩、というのは、どうせ旦那を取り変えたって、別な旦那がもっとよいとは限らない」からであるらしいと書いてある。

まあね。

聖子は脳内独白を続けた。

マモさんの態度に多少むかついたくらいで離婚しようとまでは思わないけど、正直、子供が育ちあがっちゃうと、何でいっしょにいるのかな？　と思うことはしょっちゅうなのよ。

聖子は守の丸い背中に視線を投げ、ひょっとして守もそう考えたりするのだろうか、と想像してみた。そして、すべてにおいてものぐさな性格の守の背から、「別れるのは結婚を続けるよりもずっとめんどくさい」という消極的な結婚維持動機が立ち上ってくるような気がした。

「マモさん、私、やってみることにする」

聖子は少し挑戦的な響きを込めて宣言したが、テレビを見ていた守が、

「何を？」

と聞き返したので、もう、やあね、ぜんぜん話聞いてないんだから、ともう一度腹が立った。

「金原さんの話。受けるの」

「ふうん」

「勉も家を出たし、少し私も生活を変えないと、なんだかぼんやりしちゃいそうで」

そう口に出した途端、聖子の脳裏にはなぜだかトヨトミチカコの姿が浮かんできた。自分はいわゆる空の巣症候群的な、子離れに苦労する親などではないと思ってきたが、勉がきっぱりと「彼女とずっといるつもり」と宣言したことは、やはり思いのほか衝撃だったのかもしれない。

「ふうん」

「なんなの、その、ふうんっていうの。賛成してくれないってこと？」

「え？　そんなことないよ。決めたなら、いいんじゃない？」

「なんとなく歯切れが悪いというか、奥歯に物が挟まっているというか」

「いや、毎日出かけるってことになるわけでしょう？　晩飯どうすんの」

テレビのリモコンを手にしたまま、夫が振り向く。それ以上のことも、以下のことも考えていない夫がこちらを見る。

晩飯。

言うに事欠いて、この人が考えているのは晩飯か。自分が食う飯のことか。妻の社会的貢献も、子供が手を離れたときの空虚な気持ちも、更年期まっただなかの体の不調も、何ひとつ考えずに、飯か。晩飯なのか。そこか。

「五時に終わるから時間的にはだいじょうぶだと思うけど」

セリフを棒読みする口調で、聖子は言った。

「そんならね」

それだけ返してテレビに向き直る夫の背中を、聖子はもう一度見る。

そんならどうだと言うのか。

聖子はその場に固まったまま、殺気のような念を夫の背中に送り続けた。

「え?」

何か感じたのか夫は振り返り、能面のような妻の表情を見てうろたえる。


金原女史の要請に応じて、翌週の月曜日に初めて聖子は「サポートステーション・ゆらゆら」を訪ねた。そこは金原税理士事務所から歩いて十分ほどの距離にあった。

地図を手に駅前商店街を歩き始めると、聖子は唐突に声をかけられた。

「こんにちは。すみません、あたし、仕事で、いろんな方の顔相を拝見しているのですが、奥さんには、すごくはっきりした兆候が出ておりましてね」

いきなりなんだろうと思って周囲を見ると、少し後ろに蝶ネクタイをつけたひどく小柄な老人が立っていた。警戒心を露《あら》わにして黙っている聖子に、老人は続けた。

「驚かれることはありません。あたし、あすこでやってるもんですけどね」

老人はそう言って、商店街の一角にある「手相・顔相」というポスターを貼った小さな机を指さした。

「あんまり暇なもんで、つい通る人の顔を見てたら、あなたほんとにくっきりしてますもんだからね」

妙な口調の老人に、

「急いでいますので」

とやや冷たい言葉を投げ、小走りにその場を去ろうとする聖子の背に、こんな声がかぶさってきた。

「今年はいろんなびっくりすることがありますのでね。そういう年になっておりますのでね。まあ、惑うこともありましょうが、しっかりなすってくださいよ」

お爺さんみたいな人が余計なことを言わなければべつに惑ったりなんかはしないんですけどね、というセリフを口には出さずに聖子は路地を曲がった。「サポートステーション・ゆらゆら」は、手作り風の看板を出していた。

聖子を迎えてくれたのは、丸川さんという所長の男性と、少し早く来ていた金原女史自身で、女史は手際よく、聖子のやるべきことを説明し、「この一年くらいのがぐちゃぐちゃになっているから整理して。そして今日から毎日の出入金の管理をしっかりやってくれれば、月末に私がまとめて見るから。とりあえずしばらくここの専従って形でお願いします」

と言い置いて去って行った。

『ゆらゆら』っていう名前は、なんかノリでその場で決めちゃったんだよね」

と、丸川所長が申し訳なさそうに言った。

名前がいいかげんなわりには熱心に活動しているそのＮＰＯ法人は、使わなくなった衣服や毛布、眼鏡などを海外や災害被災地に送る、といったことの他に、高齢者施設などの食事を作る活動をしている団体と、そのための安価、もしくは無料の食材を提供する食品メーカーやコンビニエンスストア、外食産業などを結ぶコーディネーターのようなことをしているという話だった。

所長とスタッフの机は一階にあり、聖子にも一角があてがわれた。

二階に山ほど積んであるのは、支援用の物資だそうで、配送を手伝ってくれるボランティアが二階で仕事をしていて、一階にデスクのあるスタッフはほとんど営業活動の外回りで出ているという話だった。

「宇藤さんはきちんと五時に終わってください。戻りが遅くなるスタッフの小口現金の精算は、必ず翌日の朝、外に出る前に行うということで、金原先生と決めてますので。みんなの予定の合う日時を見計らって、歓迎会をと思っています」

丸川所長は、もごもごと小さな声で言った。

所長がすまなそうに差し出した伝票の山、「ぐちゃぐちゃ」な帳簿を手に、聖子が自分にあてがわれたデスクに落ち着いたのは、すでに昼近い時間だった。丸川所長も忙しく何か冊子のようなものに目を通しているので、聖子はとりあえず伝票の整理をと、目の前のパソコンのエクセル画面を呼び出し作業を始めた。

聖子がぐちゃぐちゃの帳簿と格闘し始めて、四、五十分も経ったころだろうか、ふいに、腰かけているキャスターつきの椅子が、音もなく十センチほど前に押し出された。驚いて振り向こうとした聖子の頭を、温度のある手の平がそっと押さえて正面向きに固定したと思ったら、何かが頭の上から降ってくる感覚があって、気がつくと聖子の鼻の上に眼鏡が載り、目の前のエクセルの文字がいきなり明瞭さを増した。

「え？」

こんどこそ聖子はぐるりと椅子をまわして後ろを向いた。

そこには眼鏡をかけた痩せ型の中年、というよりは初老の男性が立っていた。

「少し、見やすいですか？」

と、彼は医師のような口調で言った。聖子はいったいなぜこんなことをしているのかといぶかりながらも、もう一度椅子をまわしてエクセル画面を確認し、

「ええ、はい、そうですね。画面が明るくなって、文字がはっきりしました」

と答えた。すると、初老の男は聖子のこめかみに手を伸ばした。聖子はあわてて目をつぶった。男が眼鏡を外した。

「後で、ちゃんとした検査して、いちばんいいのを選び、調整します」

その言い方が、やはり医師のようで、聖子は眼科医を訪ねているのかと錯覚しそうになった。

「ああ、片瀬さん」

所長がそう呼んだ。

「こちら、今日から経理をお願いしている宇藤聖子さん。宇藤さん、彼が調整ボランティアの片瀬幸雄さん」

「調整ボランティア」という不思議な肩書の人物は、ダンボールが高く積まれた机の向こうに座ったので、顔もすっかり見えなくなった。

「いいところに来た。片瀬さん、留守番頼みますわ。私は宇藤さんと食事に出ます」

「調整ボランティア」氏の返事は、まったく聞こえなかった。

丸川所長は、扉に鈴をつけた昔風の喫茶店のドアを開いた。そこは、前々からその商店街にあることは知っていても入ったことのない、なんだか薄暗い店だった。コーヒーと煙草の匂いがする。所長がメニューも見ないで、

「カレー」

と注文するので、聖子もそれに倣《なら》った。

「疲れたでしょう」

と、目をしょぼしょぼさせる丸川所長のほうがよっぽど疲れて見えた。それだけ言うと、話題がなくなったのか神妙な顔でカレーを待ち始めた。

「先ほど来られた調整の」

他に言うこともないので、聖子は記憶をたどって話し出した。

「調整ボランティアの片瀬さん？」

あいかわらず細い目で何度もまばたきしながら所長が引き取った。

「ええ。あの方もボランティアさんなんですか？」

「調整のね」

「調整って、眼鏡の？」

「全般」

所長は話し下手なのか、ぽつんぽつんとしか言葉に出さない。聖子は辛抱強く質問を続けた。

「全般って言うと、どういうことになりますでしょうか？」

「うーん。言いようが難しいんだよねえ。あの人、入れ歯なんかも調整できるんだよ」

「入れ歯？」

「一度、食事がとれなくなっちゃったって人が事務所に連れて来られてね。病気かと思ったら、あの人が入れ歯だろって言うんだよ。それで入れ歯引っ張り出して、何をどうやったんだか削ったり叩いたりしてね。それを嵌《は》め直したらぴったり合っちゃったんだ」

「入れ歯が」

「入れ歯が。そして何でも食えるようになって、ガリガリに痩せてたのが復活したんだ」

「お医者さんなんですか？」

「いや、違う。どう言ったらいいのかなあ。整体もやってくれるよ、頼めば。眼鏡もね。そう。眼鏡の調整もやってくれる。耳にかける角度とかさ。うまいもんだよ。これもね、ツルのところを調整してもらったら、かけてないみたいにラクになっちゃったんだ」

所長は銀縁の眼鏡を外し、しげしげ眺めてもう一度かけた。

「すごい方ですね」

「うん。すごいんだ」

「それを全部、ボランティアで」

「うん。そうなんだ」

カレーがスパイスの香ばしい香りを立てて運ばれてきた。所長はケースから福神漬けとらっきょうを取り出して白いごはんの脇に置き、習慣なのか醤油を一たらしカレーにかけた。聖子も薬味を取って、薄い膜を張ったカレーにスプーンを入れた。少し粘り気のある、昔風のカレーが懐かしかった。

「だけど、『ゆらゆら』さんの本来の業務は、服や眼鏡を被災地や海外に送ったりすることですよね。あの方が海外に行って調整をなさるわけですか？」

「それは、行かないんだ。あの人は、あくまでうちんとこの調整ボランティアなんだ」

ここのカレーは旨いな、と、所長は説明の合間に目をつぶって呟いた。たしかに、昔懐かしい小麦粉の香りのするカレーは、好きな人にはたまらない味かもしれなかった。

他に話題がないからといって、調整ボランティアさんの話ばかりするのもおかしいような気がしたけれど、所長の話はなんだか要領を得なかった。つまり、あの不思議な初老の男性が何をしている人物なのかが、聞いても聞いても腑に落ちない。

それでもカレーを食べつつ、あるいは食後のコーヒーを飲みつつ、ぽつぽつと語られる所長の話をかいつまめば、片瀬氏というのはいつのまにか現れて、あの事務所に居ついてしまったのだけれども、金を受け取るでも要求するでもないし、ただ眼鏡の調整などを無償でやってくれて、頼まれれば整体師にもなるという、たしかに説明しづらい存在のようだった。

「ようするに、すべてにおいて非常にいい仕事するんだけども、すべておいて資格とかがないわけね。もちろん、無資格でも問題はないんだよ。眼鏡の調整だって、整体だって。だけど、何でそんなことができるのか、どうしてここでボランティアするんだか、よくわかんないんだよね」

コーヒーを飲み干す段になって、ようやく、意を決したように所長は言った。

「だけど、こういう仕事をしているとね、あまり過去を話したがらない人とも出会うからね。うちの事業で、ホームレスの人に眼鏡を提供する機会があってね。そのときにホームレスの一人として現れたんだ。ところが、目の検査の器械の使い方がほんとにうまいもんだから、その場で手伝ってもらったよ。それ以来の縁でね」

「え？　じゃあ、ホームレスさんなんですか？」

聖子は思わず声を落とした。

「いまは違うんだ。うちがアパート紹介したからね。彼がどういうアレで生きているのかも、詳しく聞いていない。なんかあるんだろう、資産的なものが。それを食いつぶしてるんだろう。よくわからない。そして、聞いてないいんだ。本人が話さないものを、私らは聞かないいんだ」

言い終わると、所長はほっとしたのか少し微笑み、コーヒーのお替わりを注文した。ひょっとしたら、この事務所で働くにあたって、「調整ボランティア」の片瀬氏の存在を理解するのは重要なことであり、新参者の聖子があれこれ余計な質問をしないように、あらかじめ釘を刺しておく必要があったのかもしれないと、聖子は解釈した。

二杯目のコーヒーを飲む丸川所長はくつろいだ表情で、他のスタッフはみんな若いんだとか、三人いるうちの二人がつきあいだしたみたいなんだとか、話し始めた。思ったより話し好きの人物なのかもしれない。所長のゆっくりした食事につきあって外に出るころには、「調整ボランティア」さんに余計なことを訊いてはいけないということが、聖子の頭にしっかりインプットされていた。

席に戻ると片瀬氏はあいかわらずダンボールの奥に一人で座っていた。眼鏡の調整が必要なのは、眼鏡を必要とする人に提供するイベントのときなわけだから、考えてみれば、彼が事務所にいる必要はまったくないのだった。片瀬氏は所長といっしょに戻ってきた聖子の顔を

認めると、まるでそのためにわざわざ待っていたのだとでも言いたげに立ち上がって、

「眼鏡選ぶから、二階に行って」

と、言った。

「いえ、私は帳簿の整理がありますから」

聖子がやんわりと辞退すると、所長が顔を上げて、

「行って」

と言った。

「え？」

「この人、いる日といない日があるんだよ。いる日にやってもらっちゃって。二階に片瀬さんと行って」

そういうわけで、聖子は片瀬氏の後に続いて階段を上った。

「矯正視力ですね。コンタクトレンズはソフトですか？」

前を向いたまま片瀬氏は質問した。

「ええ、はい。使い捨ての」

「調子はいいですか？」

「はい。まあ。先週、検査にも行ったので」

「仕事するときは常に装着していますね？」

「そうですね。家にいるときは眼鏡もかけますけど」

「じゃ、こんどそれも持ってきてください。今日は矯正視力で測ります」

そんな会話をしながら二人は二階の、ダンボールが積まれた部屋の隅に置かれた、目の検査をするための大きな器械を挟んで向き合って座った。二階のボランティアは時間をずらして食事に出ているようだった。

「顎を乗せて額をつけてください」

と、片瀬氏が言った。聖子がその動作をすると、少し困ったように眉間に皺を寄せた片瀬氏の手が伸びてきて、聖子の額の前髪を搔き分けた。聖子はもう一度額を当て直した。

スクリーンの奥に見える気球の絵のようなものが、ぼんやりしたりはっきり見えたりした。「C」の空いている方向を上下左右で答えたり、ひらがなを読んだりしていると、いったいここに何をしに来ているのかわからなくなってきた。作業を終えると片瀬氏は眼鏡を探しに行き、赤いきれいな縁のものを手にして戻ってきた。

「デザインは選ぶほどないんです。不用になった品を回収して再利用しているので、多少の誤差は出るんだけど、老眼の場合はつけて問題なほどのことはありません。あなたにいいのを選びましたから。かけると仕事がラクになりますよ」

「老眼、鏡？」

「パソコン見づらそうにしてたから。そのうち目だけじゃなくて腰や肩に来ます。道具ってね、やっぱり便利ですよ」

聖子がそれを耳にかけると、片瀬氏は所長が「ツル」と呼んでいたアーム部分の調整を始めた。耳にかける部分を専用ヒーターで温めて曲げる作業なのだが、それはかつて聖子が経験したことのないほど入念で慎重な調整だった。

何度目かに眼鏡が聖子の顔にふわりと載ったとき、たしかにそれはあまりにふわりとしていて、こめかみや目頭への圧迫感もなく、耳に重さも感じられなかった。そして差し出された新聞の株式欄が、驚くほど明るくはっきり見えた。

「いいです、これ」

思わず聖子は声を上げた。

「いいでしょう、それ」

初老の男は満足そうな笑顔を見せた。

一階に戻って所長に支払いを申し出ると、

「いい、いい。お礼です。無料です」

と言下に断られた。

どうして初仕事の日に老眼鏡をもらう羽目になったのだかさっぱりわからなかったし、それがあきらかな加齢の証明であること自体にもひっかからないではなかったが、その老眼鏡の使い心地のよさは、すべての疑問と不満を一蹴して余りあるギフトだった。眼鏡のおかげで伝票整理の効率もアップし、集中して仕事をしたときに必ず悩まされる肩と目の凝りも、比較的少なく感じられた。

そうして作業に没頭していたからだろうか、帰宅の時間を迎えて顔を上げると、片瀬氏の座っていた席には誰もいなかった。

「あの人、好きなときに現れるんだよ。パソコンや給湯器やシュレッダーやファクスが調子悪いと狙ったみたいに現れて直して行くんだ。

なんか、勘でわかるんだろうな、そろそろ紙詰まりしそうだなとかさ」

不思議そうな顔をしている聖子の脳裏の疑問を読んだように所長が答えた。

夕方近くになって、若いスタッフがそれぞれ戻ってきた。田中さん、高橋さん、室岡さんという三人のスタッフに紹介され、田中さんと高橋さんが「つきあいだした」ことがすぐにわかった。女性の田中さんが男性の高橋さんの肩についたゴミを取ってあげたり、帰宅時間をいっしょにする相談をしたりしていたからだ。

たしかに所長や聖子の目から見れば若かったが、二人はもう二十代の後半だった。室岡さんは少し年上の、三十代半ばの女性で既婚者だという。室岡さんは初々しいカップルをからかいたくて仕方がないのか、「結婚なんてするもんじゃない」とか「夫とは毎日別れようと思っている」とか言って二人を笑わせた。

「よく考えたほうがいいよ。してからじゃ、なかなか別れられないからね」

室岡さんは新参者の聖子のほうを見て、

「ですよねえ」

と同意を求めた。

「え？　私？」

聖子はキョロキョロあたりを見回してから、

「そんなことない。考えちゃうとできなくなるから、したいときにしたほうがいい」

と持論を述べた。三人のスタッフはそれぞれ楽しそうな笑い声を立てた。

じつは、例の六十年前のベストセラー作家が、九十二パーセントに上る既婚女性の離婚願望と、「どんな男も五十歩百歩」だという言説について細かく考察していたのを思い出したのだが、これから結婚を考えようという若い男女を前に言うべきことではないような気がして、とにかくニコニコ笑っていることにしたのだった。

第六章　愛とは何か

「一日目はどうだった？」

夕食の卓を囲みながら夫の守が訊くので、

「うーん、まあまあ」

と答えて、一瞬、妙なボランティア氏に老眼鏡を勧められた話をしようかと思ったが、そういえばこの同い年の夫がまだ老眼鏡を作っていないことを思い出し、むらむらと対抗心が働いてその話題は隠蔽し、

「若い人が三人いて、そのうちの二人がつきあい始めたらしい。オープンで、仲のいい職場みたい。働きやすそう」

と答えておいた。守はそれ以上、何も聞かなかった。

聖子は使った食器を洗って、一息つくためにお茶を淹れた。守は自分の湯呑みを取り上げて、リビングのソファに移動した。聖子はダイニングの椅子に腰かけて、ぽってりした湯呑みを両手に挟んだ。

ローテーブルに、夫婦で使っているタブレットが置きっぱなしになっていた。聖子はお茶を一口含んでから湯呑みを置き、タブレットを手にしてメールアプリを開いた。そこには「Fw: ご賛同下さい」というタイトルのメールがあった。

「ブリちゃん、元気? 久しぶり～。私はストレスから来た腰痛のため、いまこれをリビングのチェストに置いて、立ったまま書いています。同い年だからわかると思うけど、けっこう、来るわね、不定愁訴的なものがいろいろ。

　だけど、私がストレス性腰痛に悩まされている理由は、けっして年齢的なものだけではないと思うのよ。このごろのこの、私たちを取り巻く空気の、保守化っていうんですか？　右傾化？　とにかく新聞だのネットだの見る度にめまいがするほどよ」

　メールは女子高の同級生のボンゴ（あだ名の由来は不明）からだった。ボンゴは優秀な成績で二人が通っていた女子高を卒業して信州大学の教育学部に進学し、立派な学位を取って先生になり、学年主任、教頭、校長と上り詰め、いまは長野県の教育委員会に籍を置いている。

自分の友達が教頭先生になったときは腰が抜けるほど驚いたが、校長となると驚きは突き抜けて、またもや自らの歳を顧みてしまう。校長と言えば鼻の下にちょび髭を生やし、棺桶に片脚を突っ込んだような存在だと、十代のころは信じていたものだった。それが、いまやわが友。

聖子は傍らの渋茶を啜って次を読みつづけた。

「思い起こせば八〇年代でしょ、私たちの青春があったのは。あのころ、あれよね。『女の時代』とか言われたじゃないの。そこからまっすぐ、女には生きやすい時代が来るって思ってたの、私。ところが、三十年が流れて周りを見渡してみると、そこらじゅうの議員がセクハラ発言してる。結婚しない女や私みたいに離婚した女が悪く言われるのは変わらないし、生きやすいどころか若い子は経済力がないから家庭を持ちたくても持てなくて、そんな中で子供でもできれば女子の負担はものすごいことになってて、赤ちゃんを育てるのと仕事をするのとを両立させるのが難しくなったり、自分が病気をしたりしてお金が稼げなくなったときに、脚を引きずって役所へ行って生活保護を申請しようとすれば、『夫はいないのか』『結婚してないのか』『育てられないなら産むな』『無責任だ』と罵られた上に、『生活保護を申請する前にソープへ行け』と言われてしまったりするのよ」

ここまで一気に読んで、ちょっと聖子はめまいがした。

ボンゴの憤りはわかったが、こう立て続けにすごいことを書かれると、ついていくのがたいへんだ。しかし、気を取り直して次へと進む。

「ねえ、『ソープへ行け』なんて、役所の窓口が言うことじゃないわよ。北方謙三が悩める若い男子に言うことだったわよ、かっては。もちろん、まったく逆の意味でよ。それはおいとくとして、なんのための役所なのか。『輝け！』なんて抽象的なこと言ってないで、もう少し地に足のついた女性政策を希望するわよ、私。そこでブリちゃんに唐突にお願いなんだけれども」

ボンゴの唐突なお願いは、今回も何かの運動に署名してくれというようなことだった。今度は物議を醸す妙なネーミングの団体ではなく、ごくおとなしい団体が呼び掛ける、〈セクハラ被害にあったシングルマザーを支援する〉的な内容だったので、聖子はボンゴのメールにあったURLをクリックし、名前と県名を書き入れて「賛同」を送信した。

聖子自身、父を早くに亡くしているので、シングルマザーの娘だった。七〇年代に子育てをした母は相当苦労したけれど、たしかにあのころは、これから先、生きやすくなっていくんだという明るい展望が、確たる根拠はなかったかもしれないけれども、存在した時代だったと思う。

〈若い子は経済力がないから家庭を持てなくて〉、のところで、聖子の脳裏では、勉とトヨトミチカコがリュックを背中に担いで歩き出してしまったので、あわてて頭をぷるぷる振って二人の映像を追い払った。

ご縁があって通い始めた、社会活動をするＮＰＯの「サポートステーション・ゆらゆら」も、それまでの聖子の人生には関わってこなかったような団体だったので、自然にボンゴの姿勢に協力する気になったのだったが、昨今、世の中は弱い人たちにとってこそ過酷な、生きづらいものになってきつつあるというのは、聖子にも感じられることだった。

「読んだ？」

ふと気がつくと夫の守がダイニングテーブルのほうへやってきて、目の前の椅子を引いて座った。

「え？　読んだけど」

「だよね。僕も考えさせられてる。まあ、あいつのことだから、国籍を捨てるところまでは考えてないと思うけど、行ったきりになるのかなあ」

「国籍を？　捨てる？　誰が？」

「まあ、外国って言ったって、台湾なら近いことは近いけどねえ。読んでないの？　きみのところにも届いてたでしょ、小次郎からのメールが」

夫に言われて、ボンゴからのメールを閉じると、すぐ下に〈兄ちゃんと聖子ちゃんへ〉とタイトルのついた一通があった。

「小次郎くん？」

聖子は訊ね、守が渋い顔でうなずくのを確認する。

小次郎くんからのメールは、たしかに驚くような内容だった。

「兄ちゃんと聖子ちゃんへ

突然でびっくりさせると思うけど、いま台北に来ています。話してなかったけど、現在の彼は台北在住の医師なのね。彼が出張で東京に来てたときに知り合って、もう半年になります。

かなり前からいっしょに暮らそうって話は出てたんだけど、こっちでプレス（日本のブランドのね）の仕事も見つけたので、思い切って体一つで来ちゃいました。

ここの暮らしがどんなふうになるのか、正直言ってわからないし不安もあります。だけど、彼といっしょのほうが精神的にラク。台湾はアジアの国の中でもLGBT（知ってるよね。レズビアン、ゲイ、バイセクシャル、トランスジェンダーの総称。ようするに、セクシャルマイノリティってこと）の権利とかにすごく敏感だし、なんだろう、日本より窮屈な感じがないの。日本はなんだか、どんどん窮屈になってる感じがしない？　こっちのほうが、生きやすそう。

でもそれも、単純に、彼といっしょだからなのかもしれない。いいヤツだよ、でっかくて。七福神の布袋さんみたいな感じ。甥っ子ちゃんも出てっちゃったんだから、こんど夫婦で遊びに来てよ。食べ物おいしくて、ハマるよ、台湾。またメールします。　　小次郎」

期せずして、旧友と義理の弟が二人して「生きづらさ」を嗅ぎ取っていることについて、つい聖子も考えないではいられなくなった。守は浮かない顔をして、二杯目のお茶を自分で湯呑みに注いでからソファに戻り、ハァー、と大きな溜息を吐いた。

「どしたの、マモさん。小次郎くんのことがショックなの？」

「間接的にはね」

間接的とはどういうことであろうか。

聖子も自分に二杯目のお茶を淹れ、湯呑みを持ってソファへ移動した。守は眉間の皺をほぐすように右手の指二本を当てて左右に揺らした。

「例のPR誌のコラムの件だよ」

「あぁ、マモさんが書く、女性論ね」

「そういうふうに、ズバッと言わないで」

「なんで？」

「だって、女性論なんてもの自体、時代に逆行してる感じがするだろう」

「そうかな」

「ともかく、そのPR誌を出そうとしてる会社の会長は、完全に時代と逆行してるわけよ。『子供は二十代で産め』とか『離婚は禁止しろ』とか『女は結婚するまでセックスについては何も知らなくていい』とか。爺様がどんな意見を持とうと勝手だけど、そんなとんでもないことを僕のコラムに入れて欲しいと言うんだよ」

「それは、驚くわね」

「だいいち、六十年前のベストセラーですら、そんなとんでもないことは書いてない」

「そうね。古臭いこと書いてるなと思うことはあるけど、そこまで超弩級《ちょうどきゅう》に古くはないわね」

「僕は、人を男と女って二種類に分けちゃうことにすら躊躇を覚えるよ。だって、僕の弟はゲイなんだから。僕自身はヘテロセクシャルだし、弟の性的指向をまるごと理解できているかはわからないけど、少なくとも、僕が署名入りで書くコラムに、爺様のトンデモな意見を書くことはできない」

聖子は守がなまなかではない問題を抱え込んだと知った。というのも守が苦しげに、

「しかし、この仕事を蹴ってしまうと、向こう三か月、うちの収入はほとんどパアになる」

と言ったからだった。

一人になりたそうな夫をリビングに残し、聖子はタブレットを持っ

て寝室に移動した。読みかけの六章の出だしを、そっと声に出して読んでみる。

「人と人は何によって結びついたり、離れたりするのでしょうか。人と人との結びつきの原因は性による誘い合いでしょうか？／正直に申し上げますと、決定的なことは、私には判っていません」

聖子はベッドに腹ばいになってタブレットを操作しながら、六十年前のベストセラーを読み進んだ。その章は「愛とは何か」という章だった。「人は他人を愛し得るか、愛し得るとすれば、何によって愛し得るか」という、まるでどう答えたらいいのかわからないような漠然とした疑問が提示されている。

作家の論点はイエス・キリストの「愛」と、東洋の思想家・孔子の

「愛」がいかに違うかにずれていく。

イエス・キリストの「愛」は、「人間にはエゴがあるから、他人のエゴをも認めてやって、出来るだけそれを満足させてやろう」というものであり、だからイエスは「自分が他人にしてほしいと思うことを他人にもしてやれ」と言ったのだと。一方で孔子は「自分が他人にされたくないと思うようなことを、他人に対してするな」と言った。つまり、一方は喜ぶことをするよという思考の愛で、もう一方は嫌がることはしないよというマイナス思考の愛であると。これを極端に図式化すると〈自分のエゴも他人のエゴも肯定する〉型の愛と、〈他人のために自分のエゴを否定する〉型の愛という対立した二つの「愛」の形になるらしいのだ。

なんだか理屈っぽくてよくわかんないわ。

と、まず聖子は思ったのだが、読み進んでいくうちにだんだんわかってきたのは、〈他人のために自分のエゴを否定する〉型の愛というのはしばしば、日本マナステカの会長の爺さんなどによって強い者から弱い者へと押しつけられるらしい、ということだった。

「主たるものの為に、主でないもののエゴを殺すことが日本の社会通念でありました」

と、ベストセラー作家は書く。

「妻は自分の着物を買おうとしたりしないで旦那様の酒をたっぷり買ってやる。娘は自分の身体を売って親をのんびり暮らさしてやる。兵隊は爆弾とともに敵の軍艦に飛び込んで国を救う」

「お前らはみんな、自分の慾を殺せ、そうすれば家の中や、世の中がおだやかになる、と考えるのです」

ちょっと待って。冗談じゃないわよ。

聖子はむくりと起き上がった。

自己犠牲の精神というのは、言葉だけ聞くと美しく感じられるけれども、それが「主たるものの為に、主でないもののエゴを殺す」と、一方方向にだけ適用されるのは、ものすごい不平等だと感じたのだった。

江戸時代じゃないんだから。

聖子にわかってきたのは、どうもこの六十年前の作家は、そうした日本マナステカの会長的な物の考え方では、だめだ、と感じているらしいことだった。作家自身は、古臭い教育を受けて育ったから、会長的な思考にしばしば陥りがちなのだけれども、それではどうもいかんと、古臭いなりに一所懸命考えているらしい。

このことは、守にしっかり知らせておく必要がある、と聖子は使命感に駆られて寝室を出た。リビングが静かなので忍び足で戻ると、守は腕で目を覆って、片脚を床に、片脚をアームにひっかけてソファに寝転がっていた。

「マモさん、寝てる？」

守は顔の上で交差させていた腕を開き、眩しそうに片目を開けて、ううん、と首を振った。

「マモさん、その爺さんは勘違いしてるわよ」

「何が？」

「この六十年前の女性論は、爺さんみたいな考え方じゃ、だめだって書いてんのよ。そこのところを、爺さんに説明してやるのはどう？」

守はまだ眩しいのか眉間に皺を寄せ、眠そうな表情で聖子のほうを見た。

「爺さんは、『子供は二十代で産め』とか『離婚は禁止しろ』とか『女は結婚するまでセックスについては何も知らなくていい』とか言いたいわけよね？」

「そう」

「それはあれよね。女は自分で自分のライフデザインをするべきじゃない、自分の欲望とか自己充足感とかそういうものは持たんでよろしい、主人に従え、と。そういう感じよね」

「まあ、そうだろうね」

「『お前らはみんな、自分の慾を殺せ、そうすれば家の中や、世の中がおだやかになる』。そういう発想よね」

「女性には自分のエゴを抑えて、男に従って欲しいと思ってるんだろうな。男の浮気は認めろみたいなことも言ってたしね」

「それじゃだめだって、この古臭い作家ですら書いてるのに」

「爺様はその作家の考え方に共鳴したんじゃなくて、女の人たちに説教するために〈女性論〉を載せたいんだと思うよ」

「そんな仕事、蹴っちゃえ！　私、今月から毎日出勤するし、勉があっちへ行っちゃってから食費も減ってるし、三か月くらいなんとかなるもん。爺さんに魂売っちゃだめ！」

聖子がそう吼《ほ》えるのを、しばらく目を丸くして見ていた守だったが、むっくりと起きて立ち上がり、ぽんぽんと聖子のいかり肩を叩くと、にっこり笑って、

「いや、心配するな。魂は売ることにした」

と宣言した。

「え？　売ってしまうの？」

「うん。金のためだもん、仕方ないじゃない。魂は売るよ。でも名前は売らないの」

「どういうこと？」

「僕の名前でコラムを書くのをやめて、爺様の名前で書くことを提案しようと思う。そうすれば名前に傷はつかない」

「誰が書くの？」

「書くのは僕だよ、ゴーストライターとして」

「嫌じゃないの？」

「仕事だもん。割り切るよ」

驚くほど早く気持ちを切り替えた楽天家の夫が、いつものようにテレビのリモコンを握ったのを数秒見つめた聖子は、ほんとにいいのかしらね、と頭の中でひとりごちた。

ＰＲ誌だか社内報だか知らないけれど、そんなものに老齢の会長が爺くさい説教を垂れていたところで、誰もたいして気にはかけないだろうが、爺さんと二人三脚で原稿を作る守はストレスを抱えるに違いない、先回りしてものを考えるってことをしないのよね、この人は。それになんかこう、最終的なところで日和見《ひよりみ》っていうか、信念みたいなものを軽く放り出しそうなところが、信用できない。

聖子は、このところの夫への不信感をやや増幅させ、眉間に強い皺を作って、夫を眺めた。

本書は、株式会社中央公論新社のご厚意により、中公文庫『彼女に関する十二章』を底本としました。但し、頁数の都合により、上巻・下巻の二分冊といたしました。

彼女に関する十二章　上
（大活字本シリーズ）

2022年11月20日発行（限定部数700部）
底　本　中公文庫『彼女に関する十二章』
定　価　（本体2,800円＋税）
著　者　中島　京子
発行者　並木　則康
発行所　社会福祉法人　埼玉福祉会
埼玉県新座市堀ノ内3—7—31　〒352—0023
電話　048—481—2181
振替　00160—3—24404
印刷製本所　社会福祉法人　埼玉福祉会　印刷事業部

ISBN 978-4-86596-544-5